「ユリアヌス陛下が危篤？
それに加えて、
オルトメアがザルーダ王国に
雪崩込んで来ただと？」
密使の口から放たれた
言葉を聞いた瞬間、
亮真は顔色を変えた。
ウォルテニア
戦記

「御子柴大公閣下のご入場です！」

その瞬間、
喧騒に包まれていた
議事堂の中に
静寂が訪れた。

「うん……問題ないね」
その鏡に映るのは、飛鳥がこの大地世界に召喚された際に来ていた学生服。

RECORD OF WORTENIA WAR

ウォルテニア戦記

XXIV

Ryota Hori

保利亮太

口絵・本文イラスト　ｂｏｂ

CONTENTS

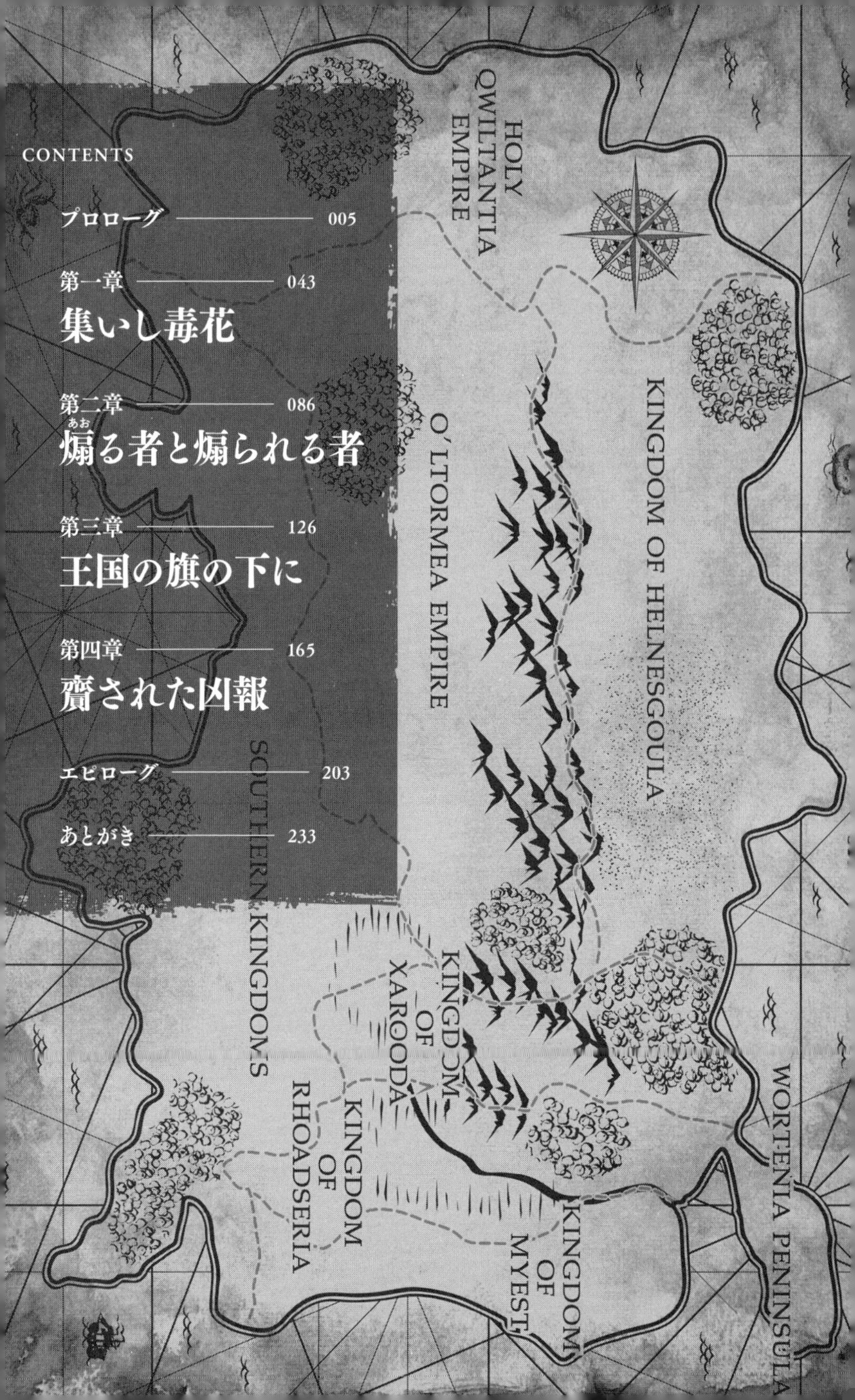

HOLY QWILTANTIA EMPIRE
KINGDOM OF HELNESGOULA
O'LTORMEA EMPIRE
SOUTHERN KINGDOMS
KINGDOM OF XAROODA
KINGDOM OF RHOADSERIA
KINGDOM OF MYEST
WORTENIA PENINSULA

WORLD MAP of 《RECORD OF WORTENIA WAR》

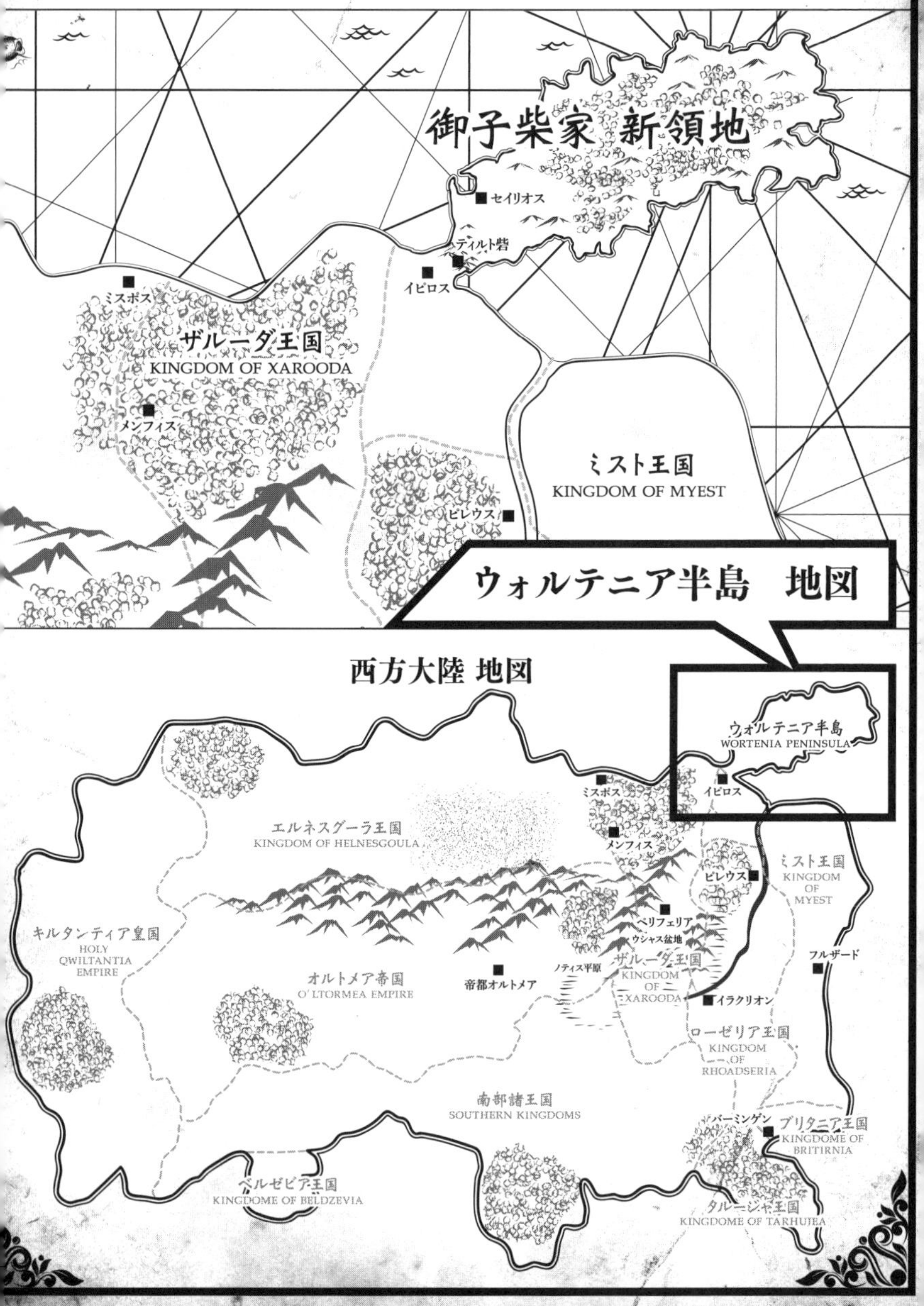

御子柴家 新領地
セイリオス
ティルト砦
イピロス
ミスポス
ザルーダ王国
KINGDOM OF XAROODA
メンフィス
ミスト王国
KINGDOM OF MYEST
ピレウス
ウォルテニア半島　地図
西方大陸 地図
ウォルテニア半島
WORTENIA PENINSULA
ミスポス
イピロス
エルネスグーラ王国
KINGDOM OF HELNESGOULA
メンフィス
ミスト王国
KINGDOM OF MYEST
ピレウス
ペリフェリア
ウシャス盆地
キルタンティア皇国
HOLY QWILTANTIA EMPIRE
ノティス平原
ザルーダ王国
KINGDOM OF XAROODA
フルザード
オルトメア帝国
O'LTORMEA EMPIRE
帝都オルトメア
イラクリオン
ローゼリア王国
KINGDOM OF RHOADSERIA
南部諸王国
SOUTHERN KINGDOMS
バーミンゲン
ブリタニア王国
KINGDOME OF BRITIRNIA
ベルゼビア王国
KINGDOME OF BELDZEVIA
タルージャ王国
KINGDOME OF TARHUJEA

プロローグ

荒《あら》い息遣《いきづか》いが鬱蒼《うっそう》とした森の中に木霊《こだま》する。

夜の闇《やみ》に支配された森の中、男はただ只管《ひたすら》に東へ向かって走り続けた。

一応、追跡者《ついせきしゃ》が存在しない事は確認《かくにん》済みではあるものの、万が一の可能性を考えれば松明《たいまつ》などの照明は使えない。

この闇の中で灯《あか》りを用いれば、それは自分の存在を敵に知らせる何よりの印になってしまうのだから。

だがそれは、この暗闇《くらやみ》に支配された森を、夜目を頼《たよ》りに駆《か》け抜《ぬ》けるという事を意味している。

簡単に言えば、自殺行為《こうい》に等しい愚行《ぐこう》だろう。

何しろ此処《ここ》は単なる獣《けもの》を超《こ》えた怪物達《かいぶつたち》が徘徊《はいかい》する大地世界《アース》。

無論、男もズブの素人《しろうと》ではないのでそれなり以上に戦う事は出来る。

だが、それでも夜の森の中という環境下《かんきょうか》では非常に勝算は低いものとなってしまうのは否《いな》めないのだ。

男は武法術を会得《えとく》しているから、一般人《いっぱんじん》よりは勝率が高いだろうが、人と獣の根本的な筋力や体格などの差は、そう簡単に埋《う》める事は出来ない。

そして、そんな人間と言う生命体として弱者に属する存在が、その差を埋める最も簡単で確実な手段の一つは一対多の人数差を利用する事だろう。

強者は孤高《ここう》を選び、弱者は集団を形成して生き延びる。

それが、自然の摂理《せつり》だ。

生存競争を勝ち抜くうえで、効率的な選択《せんたく》と言えるだろう。

(しかし、今回その解決策を選ぶのは難しい)

人数を増やせば安全性は増すだろうが、その代償《だいしょう》としてどうしても人目に付くからだ。

そして、男が懐《ふところ》に抱《だ》いている密書の性質を考えれば、それはあまり好ましくはない。

(それに……場合によっては、森の怪物達を不用意に刺激《しげき》する結果にもなりかねないだろうからな)

勿論《もちろん》、集団を脅威《きょうい》として認識《にんしき》してくれれば、怪物達は手出しをしないだろう。

だが、逆に餌《えさ》と認識される可能性も捨てきれない。

或《ある》いは、自分の縄張りを荒《あ》らす脅威と判断される場合も考えられる。

そして、どちらに傾《かたむ》くかは、森の中に生息している怪物達の意思次第《しだい》。

それに加え、集団を維持《いじ》しながら移動する為《ため》には、個々人の体力や筋力に拠《よ》って速度を調整する必要が出てきてしまうという点も問題と言える。

脱落者《だつらくしゃ》を切り捨てるという方法もない訳ではないが、それはそれで大きな犠牲《ぎせい》を支払《しはら》うことになるだろう。

（襲撃《しゅうげき》を避《さ》ける事が前提ならば単独の方が良いだろうし、襲撃を受ける事が前提ならば人数が居た方が良いだろうな……）

どちらを選んだところで、リスクが零《ぜろ》になる事は無い。

後は、どちらの可能性を重視し、どちらの場合を軽視するのかという話。

そして、そういった諸々《もろもろ》を考慮《こうりょ》した結果、出た結論が闇夜《やみよ》の森の単独走破だった。

（勿論それは、あくまで多少は勝算が高いというだけの話……だ）

どちらを選んだところで、ザルーダ王国の中でも最高の工作員として名を馳《は》せる男にとっても、命がけの危険な賭《か》けである事に変わりはない。

言うなれば命という代価を賭けた博打《ばくち》。

しかも、かなり分の悪い賭けだ。

そして、その事を男自身が一番良く理解していた。

断れるものであれば、断りたいというのが偽《いつわ》らざる男の本音。

（だが……それでも、この密書をあの方へ届けなければ……）

男の右手が無意識に懐の密書の存在を確かめる。

何しろ、男の懐に抱かれている密書はザルーダ王国の趨勢《すうせい》を左右する重要書類。

それは、単なる紙ではあるが、男の命よりも重い価値を持つ。

何しろ、ジョシュア・ベルハレスから直々に託《たく》されたその密書には、国王ユリアヌス一世の危篤《きとく》と、オルトメア帝国《ていこく》の侵攻《しんこう》という重大事が書かれているのだから。

勿論、如何《いか》に情報伝達手段が限られている大地世界といえども、一国を揺《ゆ》るがすような重要情報を周辺国が知らずにいる訳がない。

ザルーダ王国の首都であるペリフェリアにも、各国からの密偵《みってい》が潜《もぐ》り込《こ》んでいる筈《はず》だ。

遠からず、西方大陸全土に齎《もたら》されるのは必定だろう。

(だが、この情報をあの方の下へ一日でも二日でも早く届ければ……希望はある筈だ)

勿論、この情報を周囲に先んじて届けたところで、何も変わらないかもしれない。

いや、正直に言ってしまえば、何も変わらない可能性の方が高いだろう。

しかし、一秒でも早くこの情報を届ける事で、ザルーダ王国の運命が良い方向へと変わるかもしれないのだ。

そして、どれほど確率的に低かろうが、賽《さい》の目《め》は賽子《さいころ》の動きが止まるまで確定しないのと同じように、未来はその瞬間《しゅんかん》が訪《おとず》れるまで分からないのだから。

その想《おも》いと願いが、男の足を前へと進めていた。

視界を遮《さえぎ》る草木を掻《か》き分け、足元に転がる石を踏《ふ》んでバランスを崩《くず》さないように注意しつつ、鍛《きた》え上げた夜目と、微《かす》かに木々の間から射《さ》し込む月明かりを頼りに、男は森の中を駆け続ける。

いったい、どれ程《ほど》の時間、男は森の中を駆け抜けたのだろう。

昨日の早朝に森へ足を踏み入れた事から逆算すると、一日以上は確実に過ぎている。

その間、休憩《きゅうけい》らしい休憩も取らずに走り続けた男の体は、如何に密偵として鍛錬《たんれん》を積み重ねた肉体と武法術という超常《ちょうじょう》の力を獲得しているとはいえ、既《すで》に限界に差し掛《か》かっていた。

だが、男の決死の覚悟《かくご》は神の寵愛《ちょうあい》を受けたらしい。

やがて、男の目が木々の間から射し込む青白い光を目にした。

（何とか、無事に抜けたか……神に感謝……だな）

木々に覆《おお》われていた視界が開ける。

天を見上げながら、男は大きく息を吐《は》きだした。

青白い月が天空で輝《かがや》く。

雲一つない闇夜に、星々の輝きを従えた月。

その光が降り注ぐ下には、荘厳《そうごん》な王都ピレウスの城壁《じょうへき》と街並みが広がる。

それはまさに幻想的《げんそうてき》とも言える光景。

絵心のある人間なら筆を手にせずにはいられないだろうし、写真家ならカメラを片手に最高の撮影《さつえい》ポイントを探しに出かける事だろう。

それは詩人でも同じだ。

しかし、美しい物を美しいと感じるには心に余裕《よゆう》が必要だ。

小高い丘《おか》の上から遠くに見える王都ピレウスの威容《いよう》も、男の心には何の感慨《かんがい》も与《あた》えないらしい。

（此処までくれば、もうひと踏ん張りか……）

そして、男は再び東へ向かって走り出す。

再び祖国に襲《おそ》い掛かる危難を打ち払《はら》う為に。

深夜にも拘《かかわ》らず、ザルツベルグ伯爵邸《はくしゃくてい》の一室では、四つの人影《ひとかげ》が蠢《うごめ》いていた。

一人が、このローゼリア王国の新たなる覇王《はおう》と目されている若い青年。

その左右に控《ひか》えるのは、覇王に影《かげ》の如く付き従う金と銀の髪《かみ》を持つ双子《ふたご》の姉妹《しまい》。

そんな三人の視線は今、この深夜に突然訪《とつぜんおとず》れた招かれざる訪問者に注がれている。

そして、ザルーダ王国から昼夜を問わず駆け抜けてきたという密使の口から放たれた言葉を聞いた瞬間、御子柴亮真《みこしばりょうま》は顔色を変えた。

「ユリアヌス陛下が危篤？　それに加えて、オルトメアがザルーダ王国に雪崩込《なだれこ》んで来ただと？」

普段《ふだん》は泰然自若《たいぜんじじゃく》としている亮真には珍《めずら》しい事と言える。

少なくとも、壁際《かべぎわ》に控える双子の姉妹は、御子柴亮真がこの大地世界に召喚《しょうかん》されてから今日まで、それなりに長い時間を共に過ごしてきた間柄《あいだがら》ではあるが、それでも若き覇王がこれほど驚《おどろ》きを見せた姿は初めて見たと言っていいだろう。

だが、それもある意味当然の事だ。

オルトメア帝国の再侵攻と、ザルーダ王国国王の危篤は、どちらか片方だけでも西方大陸における情勢を一変させかねない程の威力《いりょく》を持った爆弾《ばくだん》。

それが同時に起こったとなれば、亮真が計画していた戦略の前提条件が変わってしまう事になる。

つまり、ローゼリア王国の掌握《しょうあく》と、ウォルテニア大公領の発展を目指そうという、御子柴亮真の計画を大きく変えざるを得ない要因となるのは必定なのだ。

普通《ふつう》に考えれば、側近中の側近であるマルフィスト姉妹は、直《す》ぐに密偵を問い詰《つ》め、さらに詳細《しょうさい》な状況説明《じょうきょうせつめい》を求めたかったに違《ちが》いない。

主を支える補佐役の立場からすれば、情報を貰《もら》えない限り、適切な補佐をする事が出来ないのだから。

ましてや、密偵が告げた情報から察するに、急を要する話なのは間違《まちが》いないのだ。

少しでも詳細な情報を得ようとするのは、人間の心理として当然の事。

しかし、マルフィスト姉妹は密偵を問いただそうとはしなかった。

余計な言葉を掛ければ、それだけで敬愛する主人の思考を妨《さまた》げてしまう事を理解しているのだろう。

そしてそれは、この衝撃的《しょうげきてき》な密書を齎した男も同じ。

祖国の窮状《きゅうじょう》を救いたいとはやる気持ちを抑《おさ》えながら、男は片膝《かたひざ》をついたまま、男はただジッと亮真の苛立《いらだ》ちが収まるのを待ち続ける。

そして、そんな周囲の視線を他所に、亮真は思考の海へとその身を委ねていく。

(ジョシュアさんからの密使と聞いたから、会って見たが……ローラ達が俺《おれ》を起こしたのは正解だったな……)

時刻は既に二時を過ぎていた。

亮真も既に就寝《しゅうしん》していたのだが、宿直からの報告を受けたローラ達に叩《たた》き起こされた訳だ。

若干《じゃっかん》、寝《ね》起《お》きで不機嫌《ふきげん》だったのだが、既に亮真の心から苛立ちや不満は消え去ってしまっている。

（今、脳裏《のうり》を占《し》めるのは、とある疑問だ。

（どちらか一方でも手に余りかねないのに、両方いっぺんに来るなんて最悪だ……なんだって
このタイミングで……）

ロマーヌ子爵家《ししゃくけ》を断絶間際まで追い込み、ようやくローゼリア王国の貴族階級の引き締《し》めを
行ったこのタイミングでの凶報《きょうほう》に、亮真は驚きと焦《あせ》りを隠《かく》せなかった。

だが、幾《いく》ら考えても答えの出ない疑問を考《かん》え込《が》んでいる時間はない。

そして大きく息を吐くと、亮真は気持ちを切り替《か》えて尋《たず》ねる。

「それで、ジョシュアさんは何と？　詳細な情報は分かるか？」

その問いに、男は懐から託された密書を取り出すと、亮真に差し出した。

「成程《なるほど》、書状を持ってきていたのか……封《ふう》は……問題ないな……」

封蝋《ふうろう》に施《ほどこ》されたベルハレス家を示す鷹《たか》の紋章《もんしょう》は、ひび割れ一つなく完璧《かんぺき》な状態を保っていた。

しかも、付与法術《ふよほうじゅつ》を用いた特別な封印《ふういん》が施されており、事前に解除用の術式が施された法具
を用いないと中身が確認出来ない様になっている。

無理に開けようとすれば、その場で燃《も》え尽《つ》きる様に封蝋と紙に処理が施されているのだ。

（こういう情報管理は、現代社会と同じかそれ以上だ……この世界も侮《あなど》れないな）

亮真は、執務室《しつむしつ》の机の引き出しから、一本のペーパーナイフを取り出す。

そして、徐《おもむろ》にペーパーナイフで封蝋を慎重《しんちょう》に剥《は》がしていく。

(問題なく解除出来たか……という事は、この密書はジョシュア・ベルハレスが送って来た物で間違いない……か)

限りなく低い可能性ではあるだろうが、このザルーダ王国から送り込《おく》まれてきたと主張する密偵が、第三国の間者という可能性も捨てきれなかったのだ。

だが、以前亮真がザルーダ王国の援軍《えんぐん》に赴《おもむ》いた際、帰国間際《まぎわ》にジョシュアから渡《わた》されたこのペーパーナイフがその疑惑《ぎわく》を否定してくれる。

亮真自身が謀略家《ぼうりゃくか》であるが故か、こういう情報管理には人一倍気を使っていた。

(真偽《しんぎ》の判断出来ない情報程、厄介《やっかい》な物はないからな……)

そんな事を考えつつ、亮真はジョシュアの手紙に目を通していく。

(成程……この男の言う通り……か)

亮真の唇《くちびる》から鋭《するど》い舌打ちが零《こぼ》れた。

そこには、オルトメア帝国軍がザルーダ王国国境に集結し始めていたという情報と、それに対応する為に前線へジョシュアが赴いた事。そして、防衛体制を整えている最中にジョシュアの下に王都ペリフェリアから国王であるユリアヌス一世が倒《たお》れたとの急報が入り、急遽《きゅうきょ》王都へ引き返す羽目になった事などが詳細に書かれていた。

(そして、ジョシュアさんが王都に戻《もど》った隙《すき》にオルトメア帝国側が停戦協定を一方的に破棄《はき》す

ると宣言したのと同時に、ザルーダ王国領内へ侵攻してきたと……成程な）

勿論、西方大陸制覇《せいは》を国是《こくぜ》としているオルトメア帝国が、何時《いつ》までも停戦を維持している筈がない事は亮真も理解していた。

先のオルトメア帝国の侵攻を食い止められたのは、亮真が帝国側の兵糧庫《ひょうろうこ》であった砦《とりで》を焼き討《う》ちして補給線を断った事により、ザルーダ王国内に侵入《しんにゅう》していたシャルディナが形勢不利とみて停戦に同意しただけのことに過ぎないのだ。

あくまでも一時的な事であり、オルトメア帝国がザルーダ王国の侵略《しんりゃく》を諦《あきら》めた訳ではない。

当然、兵と物資の損耗《そんもう》が回復すれば、再び侵攻してくるのは目に見えていた。

（だが……早すぎる……俺の予想では後、二～三年は猶予《ゆうよ》があると見ていたんだが……）

勿論、予想はあくまでも予想でしかなく、必ず的中する訳ではないだろう。

たとえその予想が、【鷹】の名で呼ばれ始めた若き英雄《えいゆう》であるジョシュア・ベルハレスは元より、【ローゼリアの白き軍神】と謳《うた》われるエレナ・シュタイナーや、【暴風】の異名を持つエクレシア・マリネールなど、西方大陸指折りの名将達の共通認識であったとしてもだ。

それに今は、そんな事よりも確認しなければならない事が山ほど有る。

亮真は、一つ一つ事実確認をしていく。

「俺の知る限り、ユリアヌス陛下はご高齢《こうれい》だが矍鑠《かくしゃく》としていた。健康面に不安があるようには見えなかったが、何か急な病にでも罹《かか》られたのか？」

年齢的《ねんれいてき》な事を考えれば、ユリアヌス一世の危篤は決して不自然ではないだろう。

だが、亮真の問いに男は首を横に振《ふ》った。

「なんでも、食事中に吐血《とけつ》したらしく、その後意識不明とか。ジョシュア様が宮廷《きゅうてい》医師へ確認したところでは、以前からユリアヌス陛下の体調は思わしくなかったとの事ですが……多少、咳が出る程度の事で、食欲もあり、疲労《ひろう》が溜《た》まっただけと判断されていたようです……」

そう言うと、男は言葉を濁《にご》した。

その顔に浮《う》かぶのは、苦悶《くもん》と疑問の色。

(成程……この男自身、自分の言葉に納得《なっとく》していないのだろうな……それに、重病を患《わずら》っていた訳ではないとすると……)

勿論、急な流行り病に罹る事はある。

若くても、そういった病を患い、急死する人間は一定数はいるのだ。

ましてや、この大地世界における一般的《いっぱんてき》な衛生環境を考え合わせれば、それはまさに当然の結果と言える。

その上、ユリアヌス一世の年齢《ねんれい》を考えれば、何ら不思議ではないだろう。

(確か、日本人の平均寿命《じゅみょう》は男性で八十一歳《さい》くらいだった筈だ……ユリアヌス陛下の年齢を聞いた事はないが、七十歳は超《こ》えているとみて間違いないだろう。ましてや此処の医療《いりょう》技術は日本とは比べ物にならない事を考慮すれば、急に体調を崩したとしても何の不思議もないか)

そう言う意味では、さほど驚く必要はない。

人は何時か死ぬものなのだから。

単にユリアヌス一世の寿命が尽きかけているというだけの話だ。

とは言え、釈然《しゃくぜん》としないのも事実だろう。

（まぁ、天命ならば仕方がない。その場合はまさに、最悪の不運としか言いようがないが……この絶妙《ぜつみょう》とも言えるタイミングで不運が重なるだろうか？）

オルトメア帝国の再侵攻という不運と、ユリアヌス一世の危篤という不運が同時に起こる可能性は限りなく低いだろう。

（確かに、以前から健康上の不安を抱《かか》えていたみたいだが、ジョシュアさんの手紙にも書かれている様に、そこ迄重いものではなかったらしいし、それは密偵の話とも符合している。急に体調を崩したというのは本当の様だが、それにしてもあまりに急な話だ。その上、オルトメア帝国側の動きが的確過ぎる……となれば、結論は一つ……か）

とは言え、それを今の段階であからさまに口にするのは難しい。

（証拠《しょうこ》がなさすぎるからな……）

目の前に片膝をつく男が言葉を濁すのも同じ理由だろう。

（まぁ、今の段階でそこに関して俺が考えてもあまり意味は無い……勿論、早急《さっきゅう》に白黒つけるべき問題ではあるが、ジョシュアさんの手紙にも書かれている様に、ザルーダ側で調査している以上、今の俺に出来る事はないからな……それよりも今は、今後の方向性を決める方が優先だ……）

そこで亮真は犯人捜《さが》しを諦め、この問題の対処法へと思考を進めた。

（問題はザルーダ王国へ援軍を出すかどうか……仮に出さない場合、オルトメア帝国の攻勢《こうせい》を凌《しの》ぎきる事が出来るだろうか？　いや、ジョシュアさんの手紙に拠《よ》れば、オルトメア側の兵力は二十万を超えるという話……こいつが本当だとすれば……）

その時、亮真の脳裏には一人の女の顔が浮かんでいた。

女の名はシャルディナ・アイゼンハイト。

それは、オルトメア帝国皇帝《ていこくこうてい》であるライオネル・アイゼンハイトの娘《むすめ》であり、帝国が誇《ほこ》る姫《ひめ》将軍の名だ。

（あの女……今度は、まさに万全《ばんぜん》の態勢で臨《のぞ》んできた訳だ……）

勿論、オルトメア帝国のザルーダ王国再侵攻は当初から予想出来た話ではある。

当然、その為の準備はザルーダ王国の新たなる守護神として謳われ始めたジョシュア・ベルハレスの主導で行われてきたし、亮真もそれなりの援助《えんじょ》はしてきたつもりだ。

だから、単にオルトメア帝国が侵攻を開始したという情報だけであれば、此処まで狼狽《うろた》える事もない。

（何しろ、あのアリオス・ベルハレスの息子《むすこ》である、ジョシュアさんが将としてザルーダ王国軍を率いるんだからな）

先のオルトメア帝国との戦で、シャルディナ・アイゼンハイト率いるオルトメア帝国軍の策《さく》謀《ぼう》により窮地《きゅうち》に陥《おちい》ったザルーダ王国軍は、アリオス・ベルハレスと彼《かれ》の率いる精鋭《せいえい》部隊の決死の反撃《はんげき》に因《よ》って危機を脱《だつ》したが、守護神とも呼ばれたベルハレス将軍とその部下達の命を代償として支払う羽目になった。

他に選択肢《せんたくし》がなかったとはいえ、守護神とまで謳われた護国の英雄《えいゆう》と、その歴戦の部下達を失った代償は大きい。

そして、そんな英雄達《たち》の死という事実は、ザルーダ王国民達に深く刻《きざ》み込まれている。

当然、オルトメア帝国に対する敵意と憎悪《ぞうお》は並々ならないものがあるだろう。

そういった、兵士達の戦意に加えて、亮真がシモーヌ・クリストフに命じた交易の活性化により、ザルーダ王国は経済的にもかなり余裕が生まれている。

(そして、育んだ国力を軍備増強に充《あ》ててきた)

無論、西方大陸中央部の覇者《はしゃ》であるオルトメア帝国に真正面からぶつかれるほどの国力ではないだろう。

だが、少なくとも、山岳部《さんがくぶ》に広がる国土を有するザルーダ王国特有の地の利を生かした防衛戦術を駆使《くし》すれば、そう簡単に国が亡《ほろ》ぶ事はないと言い切れるだけの準備はしてきたつもりなのだ。

(しかし、ユリアヌス陛下が危篤となると、話は大きく変わってきてしまう……)

勿論、ユリアヌス一世自身が戦場に出向き、軍の指揮を執《と》るわけではない。

そういう意味では、ユリアヌス一世が危篤だとしても、一見大きな影響《えいきょう》はないよう見えなくもないだろう。

だが、国家間の戦争という非常事態において、国王の不在は致命的《ちめいてき》だ。

（それに、今のローゼリア王国には、援軍を出す余力はない……）

元々、このローゼリア王国という国は、王権の力が弱く、貴族が幅《はば》を利《き》かしている国だ。

その為、恩賞の期待出来る外征《がいせい》ならばともかく、他国の援軍となると貴族達の協力を求める事が難しいという事情がある。

ましてや、ルピス・ローゼリアヌスが画策した先の北部征伐《せいばつ》と、その後のピレウス攻防戦《こうぼうせん》の結果、多くの貴族家がその戦力を低下させているという事実が、状況をさらにややこしいものとしていた。

（この状況で、ザルーダ王国への援軍を承知する貴族家はまずないだろう。下手に強要すれば反乱にもつながりかねない……）

それに、戦場において兵士数は勝敗を左右する重要な要素の一つだが、単に頭数だけ揃《そろ》えても意味はない。

戦意に乏《とぼ》しい兵士は案山子《かかし》と同じ。

（いや、兵糧を消費しない分、案山子の方がマシかも……な）

それに、士気の低い軍隊は敵と対峙《たいじ》した時、容易に軍の統制を乱してしまう。

生死を懸けた戦場特有の空気が、覚悟のない兵士の心を蝕《むしば》むのだ。

（そして、そういう兵士は戦うよりも自己の保身に走りやすい）

つまり、戦闘《せんとう》ではなく逃走《とうそう》を選択する訳だ。

だが本当に恐《おそ》ろしいのは、そうやって崩れた前線部隊に引きずられる様に後方部隊まで逃《に》げ出してしまう場合があるという点だ。

俗《ぞく》に裏崩れと呼ばれるこの現象がひとたび起きれば、どんな名将であっても盛り返す事は不可能。

それだけ、戦意の低い味方というのは危険な存在と言えるだろう。

（だが、貴族があてにならないからと言って、王家直属の騎士団《きしだん》を派遣《はけん》するというのも、現状ではあまり好ましくはないだろう）

前の国王であるルピス女王は、統治能力は低かったが、嘗《かつ》ては近衛騎士団の長を務めた経験を持つ武人。

勿論、お飾《かざ》りの騎士団長だったのは間違いないだろうが、それでも実情を知らない下級騎士《きし》達《たち》の間では、かなりの人気を誇っていたのは間違いない。

そんな彼等にとって、ルピスを追い落とした御子柴大公家と、亮真によって擁立《ようりつ》されたラディーネ女王の存在は決して好ましいものではない。

ましてや、圧倒的《あっとうてき》な兵力を誇るオルトメア帝国と戦う為の援軍ともなれば、士気が高まる筈もないだろう。

（場合によっては、援軍どころかお荷物になりかねないだろうな）

猫《ねこ》の手も借りたいという言葉があるが、それはあくまでも言葉の綾《あや》。

本当にただの猫が手伝いに来ても、何の手伝いにもならないだろう。

それこそ、いない方がマシという結果も有り得る。

（そして、そんな戦意の乏しいローゼリア王国軍を見て、ザルーダ王国のベルハレス将軍の無念を晴らそうと戦意旺盛《おうせい》な兵士や騎士《きし》がどう思うだろうか……）

まず、反感しか買わない。

心情的には、家事で日々忙殺《ぼうさつ》されている専業主婦が、ソファーでテレビを見ながら欠伸をしている夫に対して感じる怒《いか》りに近いだろうか。

手伝わないのなら、どっか外に出かけてくれれば良いのにと思う心理に似ている。

或いは、会社で日がな一日新聞を読みながら鼻をほじっている上司を思《おも》い浮かべてもいいかもしれない。

そして、そういった種類の怒りは、最初は我慢《がまん》出来ても、時を重ねるごとに積み重なり、やがて何処《どこ》かのタイミングで火を噴《ふ》くのだ。

兵士同士の刃傷沙汰《にんじょうざた》になる可能性も否めないだろうし、場合によっては両国の同盟関係そのものに罅《ひび》が生じかねないだろう。

（それに、懸念《けねん》はもう一つある……もしローゼリア王国から援軍を出すとなった場合、軍を率いる将が居ない……）

エレナ・シュタイナーは現状、ラディーネ女王にとって軍事の分野での知恵袋《ちえぶくろ》的存在。

何しろ、ルピス女王にはミハイルやメルティナといった股肱《ここう》の臣が、少ないながらも存在していたが、庶子《しょし》として生まれたラディーネにはそういった人間が居ないのだ。

心理的にも実務的にも、エレナが軍事面でラディーネ女王を支えるのが、現状では最善策と言えるだろう。

(何しろ、ラディーネ・ローゼリアヌスは、前国王であるルピス以上に国政というものに対して知識も経験もないから……な)

信用が出来る有能な人物の補佐が必須《ひっす》なのは当然の事であり、その両方の条件を満たす事の出来る軍務に長《た》けた人材は、【ローゼリアの白き軍神】と謳われた、エレナ・シュタイナーを措いて他に居ない。

そしてそれは、このローゼリア王国の未来を担《にな》うべき責任ある立場の人間であれば、共通認識となっていた。

(今のローゼリア王国もそれを意識し、政務を宰相《さいしょう》であるマクマスター子爵が補佐しつつ、軍務はエレナさんが補佐する形を固めているからな)

そんな状況下で、エレナにザルーダ王国遠征軍《えんせいぐん》の指揮を取らせる事は難しいだろう。

(勿論、いざとなればそんな悠長《ゆうちょう》な事は言っていられない。戦に勝たなきゃどうにもならないところまで追い詰められたら、エレナさんに出てもらうしかないだろう。だが、せっかく軌道《きどう》に乗りかかってきたところだ。出来る限り今の体制は崩したくない……)

切り札は場に出さず手札として留《とど》めておくからこそ、心理的な余裕を持って勝負に挑《いど》む事が出来るし、勝算の低い博打に打って出る事も出来るのだから。

(とは言え……今のローゼリア王国に全軍の指揮運用を任せられる人間となると……)

亮真の脳裏に何人かの名前と顔が浮かんでは消えていく。

不適格とまではいわないが、誰《だれ》もが帯に短し襷《たすき》に長しといった具合で、これだという適任者がいないのだ。

亮真の唇から深いため息が零れる。

（そう考えると、メルティナやミハイルは、一角の人物だったという事になる訳か……）

武人として卓越《たくえつ》した剣技《けんぎ》を誇り、一国の国防を担うことの出来るエレナ・シュタイナーを百点満点の武将と仮定した場合、ミハイルは精々七十点代の後半が良いところだろう。

メルティナの評価はミハイルよりも、もう少し低いだろうか。

武人として力量には優《すぐ》れたものを持っているが、二人とも短絡的《たんらくてき》と言える性格であり、軍を指揮する将や軍の運用管理を担う官僚《かんりょう》としてあまり適正を持っていないのは事実だろう。

（だが、無能でもない……いや、今までやった事もない国政にも関与《かんよ》してたんだ。それを考えれば十分に有能と言えるか……）

二人とも色々と問題点が多い人間だった事は確かだ。

しかし、それでもルピス女王を支えたという事実は否定出来ない。

不慣れにもかかわらず、数年の間とは言え一国の政務を担ったのだから。

そして、そんな拙《つたな》い二人の代理が務まりそうな人物すらも居ないのが、今のローゼリア王国の現状であり、最大の問題点と言えるだろう。

（しかし、如何に適任者がいないと言ってもそれはあくまでローゼリア王国の問題……この状況で援軍を出さない訳にはいかないだろう……かといって、エレナさんをローゼリアから動か

せない……となれば……残る選択肢は一つ)

それは、御子柴大公国の建国が遅《おく》れる事と同時に、亮真自らが新たな戦場へと赴かなければならない事を意味している。

(結局そうなる訳か……)

亮真の口から深いため息が零れる。

なるべく考えないようにしていた結論だが、結局物事というものは、行き着くべき結論へ行き着くという事なのだろう。

(しかし……獅子心王《ライオンハーティド》じゃあるまいし。こんなに戦に明け暮れる君主が居るのかね?)

西洋史の中でも屈指《くっし》の戦上手にして、英雄と呼ばれる国王の異名が脳裏に浮かぶ。

リチャード一世が国王として玉座に座《すわ》った在位期間は十年。

それに対して、イングランドに居た時間は、およそ数ヶ月程だ。

残りの九年数ヶ月は国外で戦をしたり虜囚《りょしゅう》になっていたりしたというのだから、大変なものだと言える。

伝え聞く逸話《いつわ》から判断する限り、リチャード一世の騎士としての力量や、武将として指揮能力は極《きわ》めて優れていたのは間違いないだろう。

ただ、国王としてみるとかなり疑問符《ぎもんふ》が付く。

亮真の個人的意見ではあるが、為政者《いせいしゃ》としての適性はあまり高くないと判断せざるを得ない。

(何しろ、自分が統治するべき国をほっぽり出して、戦に明け暮れていたのだからな)

それは、会社の社長が、自らの役目を放り出し、営業や製品の開発業務に携《たずさ》わる様な状況に近いだろうか。

勿論、世の中にはそういう現場で陣頭《じんとう》指揮を執る社長というのも存在はする。

だがそれは、あくまで本来の仕事を適切に処理していての話。

そういう風に考えると、如何に獅子心王と謳われた英雄でも、為政者としての能力を肯定的《こうていてき》に評価しろと言う方に無理がある。

実際、祖国を長年留守にしていた代償は大きい。

王弟であったジョンとフランス国王などの外部勢力が結託《けったく》し、リチャード一世を幽閉《ゆうへい》するなど、謀反《むほん》も絶えなかったからだ。

それは、国内の統制に失敗していたという何よりの事例。

(とは言え……最悪、俺も同じ目に遭《あ》いそうだがな)

それは、何とも言えない運命の皮肉だろう。

勿論、自分をリチャード一世と同じ英雄だと思うほど、御子柴亮真は自意識過剰《かじょう》ではない。

何しろ、今の亮真は大公位に内定しているとはいえ、未《いま》だにローゼリア王国の一貴族でしかないのだから。

十字軍の遠征《えんせい》に生涯《しょうがい》を捧《ささ》げた獅子心王こと、イングランドの国王リチャード一世と立場が異なるのは確かだろう。

しかし、ウォルテニア半島を領有し、御子柴男爵家を立ち上げて以来、御子柴亮真は過去一度として、自分が国王に仕える身だと本気で思ったことはない。

勿論、対外的には臣下の礼を逸脱《いつだつ》しないように繕《つくろ》っては来たが、その心は常に独立独歩。

一国一城の主であるという気概《きがい》を失った事はない。

そういう意味からすれば、国王でありながら国政を顧《かえり》みる事なく、聖地エルサレムの奪還《だっかん》の為に戦場を駆け抜けたリチャード一世と似ているというのも、それほど間違った評価ではないのかもしれない。

そして今、御子柴亮真はリチャード一世と同じ道を歩む羽目になろうとしていた。

(だが、他に適任者がいない以上、仕方がないか……)

勿論、不満はあるし最善とも言い難《にく》い選択ではあるが、現実的な対応策であるともいえるだろう。

(とはいえ、領内の開発は進めたい……流石《さすが》に、このまま手付かずっていうのは、不味《まず》過ぎるからな)

ザルーダ王国とオルトメア帝国の戦が短期間で終結しない場合、亮真は自領であるウォルテニア半島と新たに割譲《かつじょう》された王国北部一帯の開発を年単位で放置する羽目にもなりかねない。

それを避ける為の手段は色々と考えられるのだが、最も確実なのは亮真自身の代役を立てる事だ。

(そうなると、今度はそっちの担当者を選ばないといけないのか……全く、一つ決めたと思ったら次から次へと課題が出てきやがるぜ)

とは言え、こちらの方は遠征軍の将選び程悩《ほどなや》む事はない。

何せ、候補者はさらに絞《しぼ》られるのだから。

（まぁ、半島の方は爺《じい》さんに任せるしかないだろう……）

御子柴浩一郎《こういちろう》も、基本的には内政官よりも戦場が似合う人種なのは間違いない。

それは、亮真自身が一番良く分かっている。

とは言え、現代社会というものを知っているという点で、この大地世界の為政者よりも遥《はる》かの知識が豊富と言えるのだ。

そしてそれは、亮真の理想とする国造りを進めるうえで必要不可欠な知識であり考え方といえるだろう。

（こればっかりは大地世界の人間ではどうしようもない感覚だからな……）

例えば水道やごみ処理など、衛生管理に直結する部分の処理方法や施設《しせつ》の建設には、大地世界の為政者では考え付かない様な視点が求められる。

雨水などの排水《はいすい》の為に、大地世界でも道路の脇《わき》に側溝《そっこう》を設ける事はあるが、地面の下に下水管を埋設《まいせつ》する領主はまずいない。

現代社会では下水管を道路の下に埋設するなど、ごく普通のことだが、この大地世界では未だにそういった知識が一般的ではないのだ。

そしてそれは、町の区画整理や道路建設に関しても同じだ。

道幅《みちはば》の均一化や、石畳《いしだたみ》を用いた道路の舗装《ほそう》は、物資の流通をスムーズにし、経済活動の活性化に繋《つな》がるが、この大地世界ではあまり普及《ふきゅう》していない。

敵軍に攻め込まれた場合に不利になるというのが、この世界の常識だからだ。

勿論、そういった常識に囚《とら》われない政策を推《お》し進《すす》めている開明的な領主も存在するだろう。

だがそれは、逆に言えば領主が明確な指針を打ち出し主導しなければならない事を意味している。

ましてや、亮真が想定しているのは、もっと近代的な街造りであり、国家運営の為の制度作りだ。

たとえば、住民全員に対して番号を割り当て、それをギルドで用いられている装置を利用することで一元的に管理するという発想は、代人ならそれほど苦も無く出る発想と言えるが、この大地世界の人間には世紀の大発明に近いだろう。

(何しろ、この大地世界は国民の戸籍《こせき》すらもいい加減だからな)

だからこそ、亮真は領民として受け入れた元奴隷達《どれいたち》や、黒エルフ族に対して、名前を書留《かきと》めると同時に番号を割《わ》り振って管理している。

日本で言うところのマイナンバー制度の様なものだろうか。

或いはアメリカの社会保険番号の様な物と言えるかもしれない。

とは言え、制度の名称が違っていても、その目的は一つ。

(国民全体の数の把握《はあく》と、適切な管理だからな)

基本的に考えて人口が分からなければ国力の把握も出来ないし、どのような政策が必要なのかも把握が出来ない事になるだろう。

何より、税金の徴収《ちょうしゅう》が難しくなってしまうのは目に見えている。

（そういった諸々の問題を回避《かいひ》するには、領民の数と性別、年齢の把握が必須だ）

現代社会では国家が国民を管理する事に対して拒絶反応を起こす人間もいるが、国力を増強したいのであれば、個々人の自由よりも、公共性を重視する全体主義的考え方の方が、効率的である事は明らかと言えるし、管理もし易《やす》いだろう。

日本で暮らしていた当時、御子柴亮真はごく普通の高校生でしかなかったが、それでもこの程度の知恵《ちえ》は働く。

中学や高校で社会科の授業を真面目に聞いていれば、この程度の発想はそれほど難しいものではないのだ。

だがこれを、現代社会の知識のない人間が思いつくのは簡単ではないだろう。

ましてや、亮真が目指す国のあり方や制度を、口頭や文章の指示だけで、大地世界の人間に想像して制度作りや街造りを行えと命じるのも難しい筈だ。

仮に命じたところで、碌《ろく》な結果にはならないのが目に見えている。

（勿論、俺に命令されれば何とか形にしようとはするだろうが……最終的な形のイメージが頭の中に欠けた状態では……）

将来的な成長を見込《みこ》んで、トライ＆エラーでチャレンジさせるというのも一つの手ではあるだろうが、流石にセイリオスの街の拡張工事や、先の北部征伐の所為《せい》で無残に焼け落ちた城塞《じょうさい》都市イピロスの復興といった事業で行うには規模が大きすぎる。

（今後の御子柴大公家の根幹を担う様な話だしな……）

ウォルテニア半島の要衝《ようしょう》であり、御子柴大公家の本拠地《ほんきょち》であるセイリオスの街の重要性は言うまでもないし、城塞都市イピロスの復興は、ローゼリア王国北部一帯の実効支配に必要不可欠なのだ。

迅速《じんそく》かつ確実な対応が求められるのは当然と言えるだろう。

そういった諸々を考慮すると、適任者は極めて限られる。

（鮫島《さめじま》さんや鄭《てぃ》さん、ヴェロニカさん辺りは、能力的にはやれそうだが……ね）

少なくとも、現代社会の知識を持たない大地世界の住人に命じるよりは遥かに亮真の想像する形のものが出来る筈だ。

とは言え、鮫島菊菜《さめじまきくな》には料理人としての仕事がある。

同じ日本人として、亮真が求めるものをイメージする事は出来るだろうが、本人自身も料理人としての領分を越《こ》えようとはしないだろう。

また、鄭やヴェロニカはあくまでも御子柴浩一郎個人に仕えている姿勢を崩さない。

浩一郎の口から頼《たの》めば否とは言わないだろうが、それでも補助的な位置に留まる筈だ。

（それに、俺自身あの三人の思惑《おもわく》が、いま一つよく分からないからな）

勿論、敵とは言わない。

もし敵だと断定出来るだけの判断材料を亮真が持っていれば、彼等が現在も生きているなどという可能性はまずない。

獅子身中の虫を生かしておくなどという趣味《しゅみ》は、御子柴亮真にはないのだから。

伊賀崎衆《いがさきしゅう》にはそれとなく三人の動向を監視《かんし》させているが、特に取り立てて怪《あや》しい動きをしたという報告もない以上、咎《とが》める理由はないと言える。

しかし、明確に味方とも言い切れないというのが、亮真の三人に対しての率直《そっちょく》な評価。

(鄭さん達が組織に関しての情報を隠しているのは明らかだからな……爺さんの世話をする為《ため》に劉大人《りゅうたいじん》って組織の大物が二人を派遣してきたのは分かっているが、他にも目的がありそうだ)

とは言え、亮真は今の段階でそれを当人達に問い詰めようとは思わない。

(何《いず》れは話をする機会があるだろうが、本気で組織の情報を聞きたいのであれば、爺さんを問いただすのが先だろうし……まぁ、何れは……な)

浩一郎も未だに詳細を話そうとはしないが、それも何か理由が有っての事だと亮真は考えている。

ならば、今の亮真がするべきなのは、彼等が自らの意思で話すべきだと考えるのを待つ事だけだ。

ただ、隠している何かが分かるまで、完全に味方だと断定するのも難しいのは確かだろう。

それに対して、鮫島菊菜の方は、もう少しややこしい。

(鮫島さんの方は、俺のところに来たタイミングが気になる……)

経済力をローゼリア王国貴族に見せつける為に催《もよお》した夜会で出す料理を任せられる人材とし

て紹介《しょうかい》された鮫島菊菜は、確かに前評判通りの腕前《うでまえ》を披露《ひろう》し、貴族達の度肝《どぎも》を抜《ぬ》いて見せた。

まさに期待通りの仕事ぶりと言えるだろう。

しかし、あまりにも亮真に都合が良すぎるというのも事実。

(それに、鮫島さんからはなんとなく影を感じるんだよな……)

まるで第三者が御膳立《おぜんだ》てしたかの様な人材。

単に運が良かったと考えるには、少しばかり都合が良すぎる。

そういった諸々《もろもろ》を考え合わせると、少なくとも鄭達《ていたち》よりはさらに信用という意味だと低くなってしまうのが正直なところだ。

(まぁ、料理の腕《うで》は良いし、彼女《かのじょ》が作る菓子《かし》は上流階級のご婦人達の間で大人気だからな。このままうちで働いて貰いたいとは思うが……はてさて。何処《どこ》まで信用出来るか……)

少なくとも、現段階で鮫島菊菜をローラやリオネ達と同じ様に信じる事は不可能だろう。

そうなると、御子柴大公家に属する人材の中で内政に対してある程度の適性が有り、信頼《しんらい》出来そうな人間となると浩一郎くらいしか残らない。

浩一郎を前線に出さないというのは多少惜しい気もするが、今の状況を考えると致し方ないだろう。

(さて、そうなると残る問題はローゼリア王国の処理だが……どうするか……)

元々の予定では、ロマーヌ子爵家への弾圧《だんあつ》を皮切りにして、ローゼリア貴族達の排除《はいじょ》を行う予定だったのだが、この状況下でそれを進めるべきかどうかは、実に微妙《びみょう》なところだろう。

（当初の計画を遂行《すいこう》するか、それとも変更《へんこう》するべきか……）

ローゼリア王国の貴族家の数が多すぎる事は間違いない。

そして、その多すぎる貴族家の存在が、ローゼリアヌス王家の力を削《そ》いできた大きな要因だ。

ここの問題点に比べれば、国王の資質など取るに足らない要素でしかない。

そういう意味からすれば、国王がルピスであろうとラディーネであろうと、選ぶべき選択肢《せんたくし》は一つだ。

しかし、それを今このタイミングで実施《じっし》するべきかと問われると、亮真は自信をもって断言する事が出来なかった。

（ロマーヌ子爵家だけを潰《つぶ》し、他は次のタイミングに回すべきだろうか……？）

一見、無難な選択肢に見える。

だが、亮真がザルーダ王国へ出征《しゅっせい》しているタイミングで、ローゼリア王国内で反乱でも起きれば、亮真は自領であるウォルテニア半島へ帰還《きかん》する道を断《た》たれる事になる可能性も捨てきれない。

（何しろ、色々と恨《うら》まれているからなぁ……エレナさんをローゼリア国内に残す以上、問題が起こる可能性は低いだろうが……）

それでも、絶対に起こり得ないとは言い切れないだろう。

（ダメだな……考えが纏《まと》まらない……）

どちらを選ぶかで、今後の戦略は大きく変わる。

問題は、そのどちらにも利点と欠点が存在するという点。

そして、どちらがマシな選択であるかの判断材料が少ないという点だろう。

亮真の口から深い溜息《ためいき》が零れた。

そして、両肘《りょうひじ》を机の上に立て両手を口元で組むと、亮真はゆっくりと口を開く。

「一先《ひとま》ず考えを纏める時間が欲《ほ》しい……一刻を争う事態であることは分かっているが、ジョシュアさんへの返書は明日にさせてくれ」

その言葉に、密偵《みってい》の男は無言のまま頷《うなず》いた。

本心を言えば、早急な返書が欲しいところではあっただろう。

祖国ザルーダの苦しい戦況《せんきょう》を理解していれば、一刻も早く帰国するべきなのは言うまでもないのだから。

しかし、男は亮真を問い詰めようとはしない。

その、異論を許さないと言わんばかりの、刃《やいば》の様な光を放つ眼光に射《い》竦《すく》められ、ただ頷くより他に出来ることが無かったから。

密偵とマルフィスト姉妹を退室させた後、部屋に残り思案を続けていた亮真は、腕を頭の後ろで組みながら窓の外へと視線を向ける。

（さて……どうしたものか……）

既《すで》に、東の空が明るくなってきていた。

予想外の来訪者のせいで、暖かなベッドから起こされたのが深夜二時辺りである事を考えると、既に三時間以上は思案に耽《ふけ》っている事になるだろう。

しかし、未だに答えは出ない。

(いや……選ぶべき選択肢は決まってる……少なくとも、ザルーダ王国を切り捨てる事が出来ない以上、援軍を送らないという選択肢はない……)

問題は、誰をどの程度の兵力で送り出すかという点だろう。

(だが、懸念《けねん》事項《じこう》が多すぎるんだよな……)

特に、光神教団《こうしんきょうだん》と組織の動向が読めないというのは、亮真にとってあまりにも不利と言える。

(表面的には敵対って感じでもないが、腹の中までは読めないからな……)

敵味方をはっきりと区別するというのは中々に難しい事だが、ある程度見込みを立てなければ動きようがないのだ。

そういう意味からすれば、ローゼリア王国から兵力を撤退《てったい》させた光神教団は、御子柴亮真と敵対する事を避《さ》けたようにも見える為、味方か悪くとも中立に見えなくもない。

そしてそれは、浩一郎と密接な関係を持つという組織にも同じ事が言えるだろう。

浩一郎の知人である劉大人と呼ばれる人間と直接話した事はないが、側近であった鄭の言葉から察するに、少なくとも積極的に敵対しようという意志はないとは聞いているのだ。

(だが、どちらも確証がある訳じゃない)

だからこそ、亮真はローゼリア王国に蔓延《はびこ》る貴族達《たち》の排除を行い、基盤《きばん》を固める事を優先させてきたのだ。

しかし、オルトメア帝国《ていこく》の侵攻《しんこう》とユリアヌス一世の危篤《きとく》という二つの出来事が、全ての想定を覆《くつがえ》してしまった。

「随分《ずいぶん》と悩《なや》んでいるようだな。亮真よ……」

突然《とつぜん》、部屋の中に男の声が響《ひび》いた。

この部屋には、亮真しかいなかった筈《はず》なのに、何時の間に入ってきたのだろう。

物音一つさせずに忍《しの》び込《こ》む技術は、相当な手練《てだ》れであり、暗殺者であれば超一流《ちょういちりゅう》以上だ。

もっとも、一番驚《おどろ》くべき人間は、声の主の存在を最初から分かっていたらしい。

「ノックくらいはしてほしいな。親しき中にも礼儀《れいぎ》ありというぜ？　爺さん」

そう言うと、亮真は視線を部屋の入口へと向けて尋ねる。

「二人から聞いたのか？」

「うむ。随分と悩んでいるので、ぜひ相談に乗ってほしいと頼まれてな……実に良くできた娘御達じゃな」

そう言うと、御子柴浩一郎は壁際《かべぎわ》に設置されたソファーへと体を沈《しず》めた。

「まぁ、お主の事だ。儂《わし》が口を出すまでもないとは思ったが……」

そう言うと、浩一郎はチラリと視線を向ける。

「その様子だと、かなり悩んでいるようだが、何が気になる？　この状況《じょうきょう》でザルーダ王国へ援軍を出さぬという選択肢は無いだろうに？」

その問いに、亮真は小さく頷いた。

「爺さんから見てもそう思うか……ならば猶《なお》の事《こと》、慎重にならないとな……」

その言葉に、浩一郎は微《かす》かに眉《まゆ》を顰《ひそ》める。

「成程《なるほど》、珍《めずら》しく煮《に》え切らないと思えば、その可能性を考えていたか……確かに、このタイミングでザルーダ国王の危篤と、オルトメア帝国の再侵攻が起こった以上、誰かが絵を描《えが》いている可能性が高い。そうなると……」

「俺《おれ》がザルーダへ遠征した後、何かが起こるかもしれない……一番可能性が高いのは、ローゼリア王国貴族の反乱や、新国王であるラディーネの暗殺だろうな」

勿論《もちろん》、そういった事態を避ける為、亮真は色々な手を打っている。

ロマーヌ子爵家《ししやくけ》に対しての弾圧も、彼の家の所業があまりに酷《ひど》過ぎるからという理由もあるが、元をただせば国内統制を強化する為の一環《いっかん》なのだ。

だが、そう言った施策《しさく》の殆《ほと》どが、未だ道半ばといった所。

「それにお前がザルーダに赴いた状況であれば、反乱や暗殺を成功させる必要がない……」

その言葉に、亮真は深く頷く。

「そう言った動きがあったという事実だけあれば、それで十分だろうからな。そう考えると実行難易度はかなり下がる……その結果、俺はザルーダ王国で身動きが取れなくなる……だろう？」

他国へ遠征する際に一番怖《こわ》いのは、留守にした本拠地との連携《れんけい》を断たれ、孤軍《こぐん》となる事。

この状態になると、物資や軍資金に余裕《よゆう》があったとしても、軍の士気は見る見るうちに低下してしまう。

御子柴大公家の兵士は、基本的に解放奴隷《どれい》である上に、非常に高い練度を維持《いじ》しているので、普通《ふつう》の兵士に比べて士気も忠誠心も折り紙つきではあるが、それでも影響を受けないで済むとは思えないのだ。

「確かに、あり得る話だな……だが同時に、ただの杞憂《きゆう》の可能性もある。或《ある》いはブラフという事もあり得るだろうな」

「成程、俺がこう考える事まで見越《みこ》して、足止めを考えたって事か……」

勿論、どれもこれも確定した事実ではない。

あくまでも仮定の話。

だが、無視するには少しばかり危険な可能性でもある。

「糞《くそ》……どう動くべきか……」

考えうる危険は事前に把握するというのが、仕事を進める上での基本であり、これは仕事の規模には左右されない。

個人の小さな商《あきな》いでも国家の運営でも基本的な考え方は変わらないのだ。

とは言え、全ての可能性に対して対応策を用意するのも現実的に不可能。

だから、大抵《たいてい》の場合は危険度の高いものを優先する。

問題は、その危険度に関しての判断材料が少なすぎるという点。

そして、浩一郎は思い悩む亮真に対して、一つの解決策を提示した。

「だが、だからと言ってこれ以上時間を掛《か》けるのも悪手だろう。何処かで決断をするしかあるまいよ。なら、相談出来そうな人間に話をしてみるというのはどうかね？　どうやら、お前に近づきたいと考えている人間が居る様だし、この国の貴族達の事は、貴族に聞くのが一番だと思うが」

「成程……餅《もち》は餅屋《もちや》……か」

「この国にも優秀《ゆうしゅう》な人間は居る様なのだから、見込みがあるのであれば上手《うま》く利用すれば良いだろう」

そういって嗤《わら》う浩一郎に対し、亮真は深く頷いて見せた。

第一章　集いし毒花

太陽が西に傾《かたむ》き始めていた。

時刻は午後十五時を幾分《いくぶん》過ぎたあたりだろうか。

砂利《じゃり》が敷《し》き詰《つ》められた道の上を一人の女が歩いていた。

背丈《せたけ》は百七十センチ前後だろうか。

スラリとした体だが、女性らしい豊かな胸を持つ妙齢《みょうれい》の女性。

男性がその姿を見れば、視線を釘付《くぎづ》けにする事は間違《まちが》いない。

そして、彼女自身も自分が持つ魅力《みりょく》を理解しているのだろう。

レースがあしらわれた若草色のドレスは、胸元《むなもと》を大きく開けた大胆《だいたん》なデザインの品であり、女の魅力を上手く引き出している。

また、その身を彩《いろど》るのは高価な装身具。

それも、一つ一つが平民の一年間の収入程度では到底《とうてい》購《あがな》うことの出来ないほど高価な物だ。

いや、貴族階級でも相当に裕福《ゆうふく》な家でなければ買う事は難しい。

そんな高価な品々を身に着けているところから見て、王族か上級貴族の令嬢《れいじょう》なのは間違いないだろう。

道を歩む女の足取りは、確固たる目的地を持った人間のそれだ。

やがて、鬱蒼《うっそう》とした木々の合間を抜け、女の視界が開ける。

穏《おだ》やかな木漏《こも》れ日《び》に囲まれた林の中にぽっかりと開けた空間。

その中央には大きな庭池がつくられ、岸から延《の》びる橋の先の小島には白く塗《ぬ》られた二階建ての建物が鎮座《ちんざ》していた。

建物の名は白水館《はくすいかん》。

この建物を支える白い大理石で造られた柱には、見事な彫刻《ちょうこく》が彫《ほ》られ、景色に彩《いろどり》を添《そ》えている。

それはまさに、見る者の心理や視覚を計算した上で作り出された美しさ。

(流石は、当時王国一と謳《うた》われた庭師が手掛《てが》けた庭よね。何度訪《おとず》れても見飽《みあ》きる事が無いわ)

そんな事を考えながら、女は橋を渡《わた》り始めた。

橋の左右には色とりどりの花が咲《さ》き乱れ、来客の目を楽しませる。

何しろ、好色と噂《うわさ》された何代も前の国王が、とある人妻との密会場所として建てたと噂されるだけあり、かなり手の込んだ造りをしていた。

それに加え、此処《ここ》は庭園のかなり奥《おく》まった場所であり、滅多《めった》に人が通る事が無い。

何しろ、王城の庭にこのような別天地が存在する事を知る人間も極めて限られているのだ。

その為、周囲を緑の壁で囲まれた建物の周辺は、人目を忍んで人と会うには格好の場所と言える。

此処を訪《おとず》れる者と言えば、精々が建物の掃除《そうじ》などを行う為に定期的に訪れるメイドや、庭師くらいだろうか。

(まぁ、人妻と甘《あま》い逢瀬《おうせ》を重ねる為に造った訳ですしね。人目を避けるのに好都合な造りなのは当然でしょうね)

伝え聞くところによると、その女性は決して傾国《けいこく》の美女という訳ではなかったらしい。

勿論、十分に美しいと言われる容姿ではあっただろう。

しかし、人並外れた美貌《びぼう》を誇《ほこ》っていた訳ではないらしい。

ましてや、相手は平民ではなくれっきとした貴族階級の女性だ。

普通に考えれば、百害あって一利なしなのは目に見えている。

(国王という身分を考えれば、女性など文字通り選《よ》り取り見取《みど》りだったでしょう……何も好き好んで　危険な火遊びを行う必要性はないでしょうに……ね)

だが、家臣の妻を強引《ごういん》に従わせるという背徳感が国王の理性を狂《くる》わせたのだろう。

(相当に歪《ゆが》んだ性癖《せいへき》の持ち主だったのでしょうね。全く、一国の王にも拘《かか》わらず恥知《はじし》らずな事だわ。そして、それを黙認《もくにん》していた佞臣達《ねいしんたち》も……)

表面的には禁じられた恋《こい》と主張していたようだが、その本質は強制に近いものだったらしい。

女の顔に微かな嫌悪《けんお》が浮《う》かぶ。

まぁ、相手が国王であるとはいえ、極めて妥当《だとう》な感情だろう。

権力があるからと言って、どんな無理や横暴でも罷《まか》り通る訳ではないのだ。

実際、最終的にその国王と彼《かれ》を支えた佞臣達は、そのあまりに放埒にして道理を弁《わきま》えない行動に我慢の限界を超えた家臣達の手で粛清《しゆくせい》されている。

勿論、その一族郎党《ろうとう》も含《ふく》めてだ。

それは、このローゼリア王国の正史から削除《さくじよ》された恥部《ちぶ》。

そして、その結果としてローゼリアヌス王家の権威《けんい》は著《いちじる》しく低下し、貴族達の専横が蔓延る切っ掛けとなった事件でもある。

まさに、驕《おご》れるもの久しからずと言ったところだろうか。

（ただ、せっかくの教訓も我《わ》が身《み》に置き換《か》えて考えられる人間が少ないのが、何とも言えないところですけれども……ね）

女の口から深い溜息が零《こぼ》れた。

程度の差はあれども、今のローゼリア貴族は知らず知らずのうちに、そんな愚王《ぐおう》と同じ道を歩んでいるのだ。

それは、時の移ろいが当時の悲劇をローゼリア王国貴族達の脳裏《のうり》から消し去ってしまった結果。

そして、数十年にも及《およ》ぶ時間の中で積み重ねられてきた負の遺産が今、御子柴亮真《みこしばりようま》という男の手に依《よ》って清算されようとしている。

（我々を排除しようというのは極めて自然な事。立場が違《ちが》えば、私でも同じ選択をするでしょうから……）

因果応報である事は分かっているのだ。

(それに、為政者としても正しい判断ですし……ね)

歴代の貴族家が犯《おか》してきた罪の重さを考えれば、それは当然の判断。

新たに手に入れたローゼリア王国という花園《はなぞの》に、貴族という名の害虫が蔓延っていれば、誰だって駆除《くじょ》しようとするのは当たり前なのだ。

(そして、禍根《かこん》は根から摘《つ》む……)

勿論、賛否両論あるだろう。

慈悲《じひ》がないと非難する事も出来るだろうし、もし粛清を行えばそういった声は多かれ少なかれ聞こえてくるだろう。

だが、貴族として生まれ、幾多《いくた》の政争を潜《くぐ》り抜けてきた女の経験則から考えると、それが最も確実であり被害《ひがい》が少ない事を女は理解していた。

問題は、それを実行出来るだけの覚悟《かくご》を持つ人間が少ない事。

前の国王であるルピス・ローゼリアヌスなど良い例だろう。

(でも、あの方はその数少ない非情な決断を下せる人間……何しろ、【イラクリオンの悪魔《あくま》】ですものね)

味方に対しては寛大《かんだい》であり誠実だが、一度敵と判断すれば情け容赦《ようしゃ》はない。

そして、その矛先《ほこさき》は相手の家族にも向けられる。

(獣《けもの》の子は獣……あの方はそう考えるでしょう)

親は子の鏡であり、子は親の鏡と言ったところか。

勿論、例外はあるだろう。

生物学的には鳶《とび》が鷹《たか》を生む事は有り得ないが、才能や品性と言った部分で親とは似ても似つかない子は確実に存在し得る。

天才から生まれた子供が必ずしも天才とは言えないのと同じで、凡人《ぼんじん》から生まれた子が天才でないとは言い切れないのだから。

だが、その可能性は決して高くはない。

選別の手間を考えれば、今の状況で御子柴亮真がそこまでの労力を費《つい》やすとは思えなかった。

(勿論、如何《いか》に暗愚《あんぐ》な家が多いとは言っても、ベルグストン伯爵《はくしゃく》など、この国にも使える人材がいない訳ではありませんからね。例外はあるでしょうが……ね)

そういったごく少数の貴族家だけを残して、後は綺麗《きれい》さっぱり切り捨てる。

(それが費用対効果から考えた最善策でしょう。衰《おとろ》えたローゼリアヌス王家の王威《おうい》を回復するにも繋がりますし)

そして、女の怜悧《れいり》な頭脳は、自分の実家であるアイゼンバッハ伯爵家《はくしゃくけ》が、その切り捨てられる方の枠《わく》に属しているのを察している。

(貴族院での一件を考えれば、あのお方が我が家《や》を許す筈が有りませんからね)

貴族派の重鎮《じゅうちん》であり、ローゼリア王国の司法を司《つかさど》る貴族院の副院長を務めていたアイゼンバッハ伯爵は、ルピスの策謀《さくぼう》に協力し同じ貴族院の院長であるハルシオン侯爵《こうしゃく》と共に、御子柴亮真の弾劾《だんがい》裁判に加担したのだから。

そういう意味で言えば、アイゼンバッハ伯爵家と御子柴大公家は敵対関係と言っていい。

(それに、父の今までの行いを考え合わせると……)

肉親の情はあるが、だからと言って女は自分の父親が善人だとは思っていない。

いや、どちらかと言えば悪い意味で典型的なローゼリア貴族だとすら思っている。

(当然、粛清の対象でしょうね……)

それは恐《おそ》らく、太陽が東の地平線から昇《のぼ》り、西の地平線に沈むのと同じくらい確実な未来。

ただ、それを理解していても、座して死を待つほど女は諦観《ていかん》していない。

(でも、こうして呼び出しを受けたのですからね……交渉《こうしょう》の余地はある……少なくとも私やシャーロット達の意思は伝わっていると考えて良いでしょう)

恭順《きょうじゅん》の意思と、自らの利用価値を示す為に、女は仲間と共に御子柴亮真が動きやすい様に様々な形で助けてきた。

それもなるべく目立たない様に注意してだ。

(一度は敵対した人間が急に態度を変えて恭順しようなんてしても、信じて貰《もら》える訳がないものね)

何しろ、ローゼリア王国貴族の今までの行状が行状だ。

露骨《ろこつ》に擦《す》り寄る姿勢を見せれば、それだけでアイゼンバッハ伯爵家は信用出来ない家だと判断されるのは目に見えている。

大半の場合は拒絶《きょぜつ》されて終わりだろうし、万に一つの可能性で受け入れて貰えたとしても、良い結果にはならないだろう。

(あの方の性格から考えて、捨て駒《ごま》に利用されて終わりでしょうね)

それは、アイゼンバッハ伯爵家が嘗《かつ》て、同じように敵対した貴族家を潰したのと同じ結末。

だからこそ、行動には細心の注意が必要。

事前に交渉を持ちかけなかったのは、それをすれば心証を悪くすると分かっていたからだ。

恩着せがましいなどと思われては、ただでさえ悪い心証がさらに悪化してしまう。

とは言え、活路がない訳ではないのだ。

(少なくとも、御子柴亮真という男は狭量《きょうりょう》ではないわ)

いや、どちらかと言えば度量はかなり大きい方だと言えるだろう。

(ユリア・ザルツベルグや、シグニス・ガルベイラとロベルト・ベルトランの扱《あつか》いを見ればそれが良く分かるもの。一度は敵対したとはいえ、役に立てば正当に評価してくれる筈……)

勿論それは、多分に希望的観測が入っている。

しかし、リオネなどの出自の怪しい傭兵《ようへい》を側近として重用しているところを見ても、その器量は並々ならぬものである事は間違いのないところだ。

(だから、私の有用性を証明しつつ、信義を重んじる姿勢を見せれば、或いは……)

それは、ほんの微かに残された可能性。

だが、万に一つでも生き残る道があるのであれば、それに縋《すが》りたいと思うのも当然だと言えるだろう。

それに、女の心には密《ひそ》かに生存以上の野心が宿っていた。

（もし、あの方に重用されれば……女の私でも政治の表舞台《おもてぶたい》へ立てるかもしれない。王の側近はもとより、何れは宰相《さいしょう》や大臣にだってなれるかも……）

国王であるラディーネからの信頼も重要ではあるだろう。

だが、現時点で最も発言力を持つのは、強大な軍事力を保有する御子柴大公家の方なのは間違いない。

何しろ、御子柴亮真という男を後《うし》ろ盾《だて》に出来れば、文字通り全ては変わるのだから。

女だてらに賢《さか》しいと陰口《かげぐち》を叩《たた》かれ、自らの優《すぐ》れた才覚を発揮する場を得られなかった女にも日の光が当たるだろう。

それは、男尊女卑《だんそんじょひ》の風潮が強いローゼリア王国に生まれた女にとって諦《あきら》めていた夢。

（それに、シャーロットも言っていた様に、御子柴大公家との縁組《えんぐみ》だって、可能性がない訳ではないわ）

競争相手は多いが、もしも御子柴亮真の心を射止める事が出来れば、このローゼリア王国の貴族社会において大きな権勢を得る事が出来るだろう。

アイゼンバッハ伯爵家がハルシオン侯爵家を抑《おさ》え、国王にすら並び立つ事も夢ではない。

（とは言え、抜け駆《が》けをするつもりはないわ。シャーロットとは一応共闘《きょうとう》関係を結んでいる訳だし……それに、下手に動けばあの方の寵愛《ちょうあい》を受けるどころか、逆に忌避《きひ》されかねないのだ

から……私の思惑なんて見透《みす》かされているでしょうし……ね）

そんな事を考えていると、やがて女の足が止まった。

「ベティーナ・アイゼンバッハ様でございますね。ようこそおいでくださいました」

橋のたもとに立っていたメイドが静かに頭を下げる。

その瞬間《しゅんかん》、フリルをあしらったエプロンドレスを身に着けた少女の髪が、陽光に反射してきらきらと輝《かがや》いたようにベティーナには見えた。

（綺麗な娘《むすめ》ね……それに、礼儀作法も見事な物だわ）

頭の下げ方から、下げた頭を戻《もど》すまでの時間まで、まさに一分の隙《すき》もない。

客を出迎《でむか》えるメイドとしてはまさに完璧《かんぺき》な所作。

そんなメイドに対して、ベティーナは小さく頷いてみせる。

そして、軽く周囲を見回したベティーナは、首を傾《かし》げながら目の前の少女に尋《たず》ねた。

「今日は楽しみにしています。ところで、他の皆《みな》は何方《どちら》かしら？」

道すがら誰《だれ》の姿も見かけなかった上に、この場にも友人達の姿が見えない事から、ベティーナは微かに嫌《いや》な予感を抱《いだ》いていたからだ。

（まさか、シャーロットが嘘《うそ》の時間を伝えてきたという事はない筈だけれど……）

それは稚拙《ちせつ》だが、社交界では割と良くある使い古された手だ。

嘘の時間や場所を伝えられた人間は当然、当惑《とうわく》したり怒《いか》りだしたりするだろう。

そして、そうやって感情的になった人間を公衆の面前で笑い者にする訳だ。

その目的は実に様々な理由がある。

個人的な感情から発した単なる嫌がらせから、相手の家の権威を貶《おとし》める事を目的とした権力闘争《とうそう》まで色々と考えられるだろう。

実際、ベティーナ自身も仕掛《しか》けた事もあるし、仕掛けられた事もある。

ローゼリア王国の貴族社会においては、日常的とまでは言い過ぎだが、割と良くある事だ。

とは言え、今のシャーロットがそんな事をするとは、ベティーナも本気で考えてはいない。

(今はまがりなりにも共闘しているのだもの。第一、そんな形で私を貶めるような策謀を、あの方の前で行う事の方が悪手でしょうし……)

御子柴亮真という男の性格を考えると、そういう行為《こうい》は決して良い結果を生まないようにベティーナは感じている。

そしてそれは、シャーロットも理解している筈なのだから。

(それよりも……)

とある可能性がベティーナの脳裏に浮かんでいた。

それは、あまり好ましくない展開であり、最も自然な展開。

しかし、目の前のメイドはそんなベティーナの祈《いの》るような想《おも》いを簡単に打ち砕《くだ》く。

「皆様《みなさま》は既にお揃《そろ》いでございます」

その言葉を聞き、ベティーナの顔に戸惑《とまど》いの色が浮かんだ。

ベティーナは内心の動揺《どうよう》を、体面と形式が保たれるギリギリのラインに何とか押し殺しつつ尋ねる。

「あら……全員揃っているの？　主催者《しゅさいしゃ》であるシャーロットは当然として、他の皆も？」

「はい。ベティーナ様が最後にお越《こ》しになられたお客様となります」

それはまさに、非情な宣告だった。

シャーロットの手紙に書かれていた約束の時間とは二十分ほど後だ。

夜会などであれば、少し遅《おく》れていく方が良い場合もあるだろうが、今回の様な茶会の場合は、ちょっと早過ぎるとすら言える時間帯だろう。

ただ、時間ギリギリというのも、この場合はあまり褒《ほ》められたものではないのも確かなのだ。

（何しろ本当の主催者はあのお方ですものね……）

確かに形式的にはシャーロット・ハルシオンが主催者となっている。

招待状もシャーロットの名前で送られているのだ。

だが、それはあくまでもシャーロットが御子柴亮真に自分の名前を貸しただけでしかない。

シャーロット自身、自分が主催者であるという認識《にんしき》はないだろう。

今回の茶会の主催者は、誰が見ても御子柴亮真なのだ。

また、そうでなければ、ベティーナはこれほどまでに気合を入れた装《よそお》いをしてくる必要などなかった筈だ。

（そしてそれは、これから始まる茶会に参加する誰もが理解している事実……）

茶会は本来、舞踏会《ぶとうかい》や晩餐会《ばんさんかい》ほど格式ばった集まりではない。

少なくとも、同レベルの身分を持った友人や知人が集まる場であれば、おいしいお菓子とお茶を片手に楽しくおしゃべりをして終わりという場合もあるのだ。

だが、場合によっては必ずしもそういう楽しい場ではないというのも事実。

特に、今回の様に立場が上の人間が出席するような場合は要注意と言える。

それは文字通り、茶会という名の戦場に赴《おもむ》くのにも等しいだろう。

服装や髪形《かみがた》をはじめ、身に着けるアクセサリーなど武器は多岐《たき》に及ぶ。

後は、その武器をどう使うかだ。

敵の刃を受け止める盾とするか、はたまた相手を切り裂く刃とするか。

それは、文字通り使い手の力量次第だろう。

(勿論、目立たない様に息を潜め、今後の動きを見定めるという選択肢もあるけれど……)

それは貴族の横暴に耐《た》えるローゼリア王国の平民達における身の処し方と同じ。

だがそれが、弱者が生き残る上での処世術というものなのだ。

しかしその一方で、目立たないという事は、居ても居なくても同じという扱いを受けるという事でもある。

(それは、今のアイゼンバッハ伯爵家にとっては致命的《ちめいてき》でしょうね……)

ただでさえ、ローゼリア王国貴族に対して御子柴亮真が抱く心象は最悪だ。

勿論、今までの経緯《けいい》を考えれば当然なのだが、それをそのまま放置すれば、必ず将来の禍根になる。

本来、圧倒的《あっとうてき》に立場が上の強者を前にした時、弱者は強者の関心を引く事を考えるよりもまず、なるべく不興を買わないようにと行動するものだし、それはベティーナも理解はしている。

（不興を買わない最善の方法は、目立たない事なのはわかっている……でも……）

御子柴大公家という嵐《あらし》が通り過ぎるのをただジッと待つというのは、方針の一つとして有り得ないものではない。

だがそれは、病気に喩えると、薬も適切な治療《ちりょう》もせずに、布団《ふとん》を被《かぶ》って寝《ね》るのに近い選択。

勿論、自然回復する可能性が無い訳では無いかもしれないが、それは文字通り運に左右されるだろう。

ましてや、アイゼンバッハ伯爵家を含む、多くのローゼリア王国貴族がり患《かん》した病は、放置すれば致死率《ちしりつ》百パーセントに近い死病に等しい。

それが分かっているからこそ、そんな現状を改善する為にも、今回の茶会を利用して少しでも御子柴亮真と言う男の関心を引きたいというのが、アイゼンバッハ伯爵家の当主となったベティーナ・アイゼンバッハの偽《いつわ》らざる本心だ。

（座して死を待つくらいならば、死中に活路を見出《みいだ》すべきだわ。でも、だからと言ってこういう形で関心を引くのは好ましくない……少なくとも今日は不味《まず》いでしょうね……）

こういった社交の場で最後に出席するというのは、良くも悪くも人目を引いてしまう。

時間前に訪問しても、遅れてきたような印象を与《あた》えてしまう場合があるからだ。

（勿論、誰かが必ず最後になるのは当然だし、そんな事は誰もが分かっているけれど……）

大人数が集まる舞踏会や晩餐会では開始時間に多少遅れようとそこまで目立たないが、多くとも十人程度の人数で行われる事の多い茶会は、基本的に全員が揃ってから始められるものだ。

当然、最後に訪れた人間は、それより前に来ていた人間を待たせたという形になる。

そして、大半の人間は待つという時間に対して、多かれ少なかれ苦痛を抱きやすい。

それが、人間の心理というものだ。

また、今回の様な場合、上下関係を叩きこむ目的で、主催者側が参加者の誰かを吊《つる》し上げるというのは、貴族社会における常套手段《じょうとうしゅだん》でもある。

そして、その対象に選ばれるのは一番目立った人間。

そういう意味からすれば、今日の茶会で出席者達の一番最後に登場するというのは、かなり危険な状況であると言える事になるだろう。

(それくらいなら、最初に来た方がまだマシでしょうね……)

勿論、遅刻《ちこく》は最悪であることに変わりは無い。

だが、約束の一時間前にやってくるというのも、あまり外聞の良いものではないのだ。

会場の準備が出来ていればいいが、そうでなかった場合は時間を潰す場所を探す事になってしまうのだから。

しかし、一度会場まで足を運んでおきながら城の自室に戻るというのはあまりに間抜《まぬ》けだし、だからと言って、この森の木陰《こかげ》に座《すわ》っているというのも何とも変な話だ。

(万が一にも、茶会前にこの服を汚《よご》すなんて事は出来ないし……)

土で汚すのは論外として、服に草や木の葉がついてしまうのもかなり不味いだろう。

どれほど着飾《きかざ》っていても、たった一ヶ所綻《ほころ》びやゴミがあるだけで興ざめになってしまうのは目に見えているのだから。

何より、あまり早く赴いては、アイゼンバッハ伯爵家の沽券《こけん》や品位にも関わってくる。

名分や体面を重んじて実利を損《そこ》なうのは論外だが、実利を追い求めすぎて、名分や体面にこだわらないというのも、後々で困った事になるのは目に見えているのだ。

全ては微妙な匙加減次第《さじかげんしだい》という事だろう。

（だから後は、最適と思われる時間帯を選ぶしかなかったのだけれど……）

それは言うなれば、ババ引きの様な物。

そして、誰かは必ずババを引かされるのが確定している。

問題は、そのババを引く羽目になったのがベティーナ自身であるという事実だ。

「私もだいぶ早めに赴いたつもりだったけれど……」

そう言うとベティーナは困ったように苦笑いを浮かべた。

それは、ほんのちょっとした愚痴《ぐち》。

そして、御子柴大公家側の反応を探《さぐ》る問い掛けでもある。

だからこそ、その反応から御子柴大公家の思惑《おもわく》を少しでも探ろうとしたのだろう。

（一番怖いのは、御子柴大公閣下が既に待っていた場合……その場合は……）

主役は遅れて登場するという言葉がある様に、身分が上位の人間程《ほど》、登場は後になる事が多いのだ。

しかし様々な理由から、そう言った慣例とは真逆の状況が起こる事もある。

それは言うなれば、会社で会議を行う際に、会議室に社長が既に座って参加者を待っている様な物だろうか。

端的《たんてき》に言えば嫌がらせ以外の何物でもないのだが、礼儀という意味からすると難癖《なんくせ》をつける名目として実に便利なのだ。

(冷笑《れいしょう》か蔑《さげす》みか……)

勿論、はっきりとした反応を見られるとは、ベティーナも考えてはいない。

確かに、使用人の質が貴族家の格や思惑を表すというのは良くある事だ。

例えば、当主が侮蔑《ぶべつ》や軽視している客を出迎えた使用人は、形式通りの対応で済まそうとするのが殆どだろうし、当主が賓客《ひんかく》と考えている客に対しては丁重《ていちょう》な気配りを見せる事が多い。

とは言え、そういうあからさまな態度を見せる使用人を雇《やと》っている家というのは、やはり家格としては一段も二段も劣《おと》るというのが実情。

逆に、有力な家門というのは、そこに仕えている人間の質も高い傾向《けいこう》にある。

そして、御子柴大公家は新興の貴族家であるとはいえ、その実力は折り紙付き。

その家に仕える人間となれば、一流の人材と考えるべきだ。

(でも、どれほど隠《かく》しても隠し切れない微妙な変化がある筈……)

そして、その微妙な変化を見逃《みのが》さない自信が、ベティーナにはあった。

だが、そんなベティーナの問いに対して、金髪《きんぱつ》のメイドは予想外の言葉を口にした。

「あまりお気になさらずに……御屋形様《おやかたさま》は確かに非情な一面をお持ちではありますが、同時に礼儀や誠意を尽《つ》くせば無下になさる方ではありません。それに、もしアイゼンバッハ伯爵家を潰すとお考えならば、ベティーナ様を茶会に招く様な事はされないでしょう。あの方はそういった無駄《むだ》が御嫌《おきら》いですので」

そういって笑うメイドの言葉に、ベティーナは軽く目を見開く。

(随分と踏《ふ》み込んだ事を言うメイドね……私を侮《あなど》っての発言とも思えないけれど……)

勿論、その言葉が真実かどうかは分からない。

単なる気休めかもしれないが、一介《いっかい》の使用人であるメイドが口にする様な内容ではない事は確かだろう。

この言葉をベティーナに向けて言える人間は極《きわ》めて限られる。

(単に口が軽いだけ？　それとも……？)

その時、ベティーナは目の前のメイド服を身に着けた少女が誰か察した。

(そうか、この娘がマルフィスト姉妹《しまい》……あのお方の側近中の側近とも噂される双子《ふたご》の片割れね。確かに中央大陸出身者に多い、日焼けした様な茶色の肌《はだ》だわ。それに、クィーフト王国に仕える上級騎士《きし》の家系であったマルフィスト家の生まれなら、こういった礼儀作法が完璧なのも頷けるわ)

騎士の家系に生まれた女子は、家系的に武術を修めている場合が多く、単なる騎士ではなく、王族や上位貴族に護衛兼侍女《けんじじょ》として登用される事も珍しくない。

何しろ、特にこのローゼリア王国は男尊女卑の風潮が強く、大地世界《アース》自体もそう言った思想が一般的《いっぱんてき》。

そんな世界で、女性が生きていくというのは中々に難しいのだ。

そう言った事情を考えると、騎士の家紋《かもん》に生まれた家督《かとく》を継《つ》ぐ必要のない長女以下の女性にとって、貴人の侍女《じじょ》に登用されるという事は、女騎士として戦場に生きるよりも遥《はる》かに賢《かしこ》い生き方と言えるだろう。

（当然、才能と容姿の両方を持って生まれた幸運に恵《めぐ》まれる事が前提でしょうけれど……まぁ、そう言う意味だと、彼女《かのじょ》はまさに満点……非の打ちどころがないわ）

そんなことを考えながら、ベティーナは小さくため息を吐《つ》く。

そこに含まれているのは自嘲《じちょう》。

（私も馬鹿よね。直《す》ぐに気が付かなかった何て。御子柴大公家の人間で、これほどまでに礼儀作法に精通していて、見目麗《うるわ》しい中央大陸の人間なんて他に考えにくいのに……）

勿論、ローラ・マルフィストとサーラ・マルフィストの名前をベティーナは事前に知ってはいた。

何しろ、御子柴亮真と共に、先の内乱やザルーダ王国への援軍《えんぐん》など、数多《あまた》の戦場を潜り抜《ぬ》けてきた手練れの戦士であり武将なのだ。

それほどの重要人物の名を調べないという選択肢《せんたくし》は存在しない。

しかし、写真などの技術のないこの大地世界では、名前は知っていても、実際に顔を合わせる機会が無ければ、判断が付かないというのも事実だろう。

確かに、肖像画《しょうぞうが》を描かせるという手段も考えられはするが、一枚製作するのにも時間が掛かる為《ため》、あまり現実的と言えないという大地世界特有の事情もある。

ましてや、マルフィスト姉妹は御子柴亮真の補佐役として裏方に徹《てっ》していることが多く、基本的に表舞台から一歩引いた存在と言えるのも無視できない要因。

そういう意味からすれば、ベティーナが直ぐにメイドの正体を見抜《みぬ》けなかったのも致《いた》し方《かた》のない事と言える。

だが、才女を自認《じにん》し、周囲からも誉《ほ》めそやされてきたベティーナにとっては、感情的に納得《なっとく》出来ないのも確かなのだろう。

(でも、この見識と言葉は……やはり、あの方の側近というのは本当の様ね……)

事前に情報は得ていたが、やはりこの金髪の少女は御子柴亮真に重用されているらしい。

思慮《しりょ》の浅い使用人の軽口と笑い飛ばすには、女の所作や言動は洗練され過ぎている。

(でも、だからこそ、そんな言葉を私に告げた意図がある筈……)

問題は、その意図が今一つ読み切れない事だ。

「そう……かしら？」

「はい。大丈夫《だいじょうぶ》ですよ」

そういって笑う金髪のメイドに向かって、内心の不安を押《お》し殺しながらベティーナは小さく頷《うなず》いた。

（本心……の様に見えるけれど……）

悪感情を抱いているようには見えないが。ベティーナはどうしても確信が持てずにいた。

しかし当主である御子柴亮真という怪物《かいぶつ》を支える側近の一人と目される金髪の少女が、そういった感情をあからさまには見せる筈もない。

「それでは、ご案内いたしますね」

そう言うと金髪のメイドはゆっくりと歩き出した。

舗装《ほそう》された石畳《いしだたみ》を進み、白塗《しろぬ》りの建物の中へと歩みを進めるベティーナ。

「あら？　外なのね」

玄関《げんかん》を通り過ぎ、中庭へと続く扉《とびら》へと案内されたベティーナが軽く首を傾げる。

「はい、本日は天気も良いので、御屋形様が是非《ぜひ》外で開催《かいさい》したいと申されまして」

「そう……確かに部屋に閉じこもるよりも、こんな日は外で過ごす方が気分も良いでしょうね」

広間を通り抜け中庭へ出ると、そこから更《さら》に小島へ向かって石畳が続いていた。

「あちらになります」

「ありがとう」

そう言って頭を下げる金髪のメイドに礼を告げると、ベティーナは再び小島へ向かって橋を渡り始める。

（成程……防諜《ぼうちょう》の一環という訳ね……）

周囲を水で囲まれた小島へ向かうには、この橋を渡らなければならない。

ましてや、茶会の会場はその小島に設けられた四阿《あずまや》。

まず、第三者が聞き耳を立てるなどという事は不可能と言い切れる。

まさに、密談をするには絶好の場所と言えるだろう。

(それに恐らく森の中には、御子柴大公家に仕える影《かげ》の者達《たち》が配置されている筈《はず》……)

貴族達の中には、単なる噂だと笑い飛ばす人間もいるが、ベティーナが知る限り、ウォルテニア半島へと向かった密偵《みってい》は全員が戻って来なかったという事実と考え合わせれば、相当強固な諜報《ちょうほう》組織を持っていると判断するべきだ。

(残念ながら、私には気配を探るなんて芸当は不可能だけど……)

だが、それは恐らく茶会の開催《かいさい》を、この白水館で行うと定めた事からも明らかだ。

そんな事を考えつつベティーナは橋を渡り終え、四阿へと足を進める。

そして、四阿に踏み入れた瞬間、複数の視線がベティーナへ向けられた。

それは、敵対的とまでは言えないものの、決して友好的とも言えない視線。

(少なくとも、必要以上に馴《な》れ合いをする気はないという事の様ね……まぁ、当然かしら。何処《どこ》から監視《かんし》の目が向けられているかわからないものね)

これから始まる茶会を前にして、ベティーナ達が最も避《さ》けなければならないのは、御子柴亮真という男から自分達へ猜疑心《さいぎしん》を向けられる事だろう。

勿論、彼女達《かのじょたち》が軽く会話や友好的な態度を見せただけで、御子柴亮真の反感や警戒心《けいかいしん》を呼び覚ます事は無いだろうが、それでも絶対とは言い切る事が出来ない。

つまり、最後にやってきた為、不必要に注目を集めてしまったベティーナを、率先《そっせん》して迎《むか》え入れるという行為は、現時点ではかなりリスキーと言える訳だ。

そして、家門の存続が掛かるこの場において、絶対と言い切る事が出来ない行為や言動は、極力避けるべきである事は言うまでもない。

共闘を約束しているのに不干渉を貫《つらぬ》くのは不義理だと思わなくもないが、逆の立場ならベティーナも同じ選択《せんたく》をする以上、文句を言う訳にもいかなかった。

それに、此処でベティーナが取り乱す様な態度や周囲の視線に対して不満を見せれば、それは今後の御子柴大公家との話し合いにも影響《えいきょう》してしまう。

(皆、自分の家が最優先ですものね……)

要は、自分のケツは自分で拭《ふ》けと言う事なのだろう。

その視線に抗《あらが》うかのように、円卓《えんたく》を囲む面々に対してベティーナは笑《え》みを浮かべながら謝罪の言葉を口にする。

「ごめんなさい、お待たせしたかしら?」

そして、優雅《ゆうが》な姿勢で会釈《えしゃく》を行う。

「いいえ、気にしないで。まだ約束の時間より前だから。御子柴様もまだいらっしゃっていないし……ね」

そう言いながら、シャーロット・ハルシオンは席から立ち上がると、にこやかな笑みを浮かべた。

そんなシャーロットの態度に、ベティーナは内心ほっと胸を撫《な》で下ろす。

（ラディーネ陛下の擁立《ようりつ》で協力関係であるとはいえ、これを機にシャーロットが私を追い落とそうとする事も考えられたけれど……杞憂だったみたいね）

今現在は味方であっても、将来の事は分からない。

昨日の敵が今日の友に成り得る様に、昨日の友が今日の敵に成り得る事も有るのだ。

大切なのは、潮目を読むかの様に、自らの立ち位置を修正する事。

とは言え、そんな心の内を周囲に見せるほど、ベティーナは稚拙ではない。

良くも悪くも、魑魅魍魎《ちみもうりょう》の巣とも言うべき宮廷《きゅうてい》において、一定の勢力を保持してきた英才なのだから。

「そう？　ならば良かったわ」

十人程が囲む事の出来る円卓。

その上には、ナプキンと銀製の食器が既《すで》に準備されていた。

（あら？　マカロンの様なお茶菓子《ちゃがし》を出されると思っていたけれど、違うのかしら？）

御子柴大公家で出される菓子《かし》と言えばマカロン。

そんなイメージが既にローゼリアの貴族階級には刷《す》り込《こ》まれている。

だから、今回も同じ様にマカロンが出されると何となく想像していたベティーナだったのだが、卓上《たくじょう》にナイフやフォークが置かれていた事にほんの少し違和感《いわかん》を抱く。

とは言え、そんな疑問も直ぐにベティーナの心から消え去った。

何しろ、円卓を囲む参加者達は味方であり敵なのだ。

（彼女達の気合の入れ方を見れば、狙《ねら》いはおのずと知れるものね……）

内心の葛藤《かっとう》や不安などおくびにも出さず、ベティーナは案内された席に腰《こし》を下ろした。

この場に集まった女性は十人。

全員が貴族派の中でも有力者と目される家の人間であり、才女の誉《ほま》れ高い妙齢の女性ばかりだ。

そして、全員が独身であり、北部征伐《せいばつ》とその後の戦の所為で、結婚《けっこん》は疎か婚約者《こんやくしゃ》すらもいないという共通点をもっている。

そんな彼女達にとって、御子柴亮真はまさに格好の獲物《えもの》。

単に協力関係を築きたいという以上の思惑が見え隠れしていた。

それは、彼女達の装いから見ても明らかだろう。

デザインは様々であるが、誰もが今のローゼリア王国に於《お》ける貴族社会で流行と目される最新のドレスで着飾っている。

態々《わざわざ》、この茶会の為に仕立てたのは明らか。

それに加えて身に着けている装飾品《そうしょくひん》も大したものだ。

まさに、家門の存続を懸けた武器を用いない戦に赴かんという戦士の覚悟とでも言ったところか。

そしてそれは、主催者のシャーロットも同じだろう。

そんな事を考えていると、四阿の入り口付近に立っていた銀髪《ぎんぱつ》のメイドが徐《おもむろ》に口を開いた。

「それでは、いささかお時間は早いのですが、皆様お揃いですので、茶会を始めさせていただければと思います」

その言葉と同時に、四阿の入り口に金髪のメイドを背後に従えた一人の男が姿を現す。

黒を基調とした貴族服に綺麗に櫛《くし》を入れて整えたオールバックの髪《かみ》。

一見したところは貴族の若者だが、その体から発散される覇気《はき》が、彼が誰かを如実《によじつ》に語っていた。

「御子柴大公家当主、御子柴亮真様でございます」

双子のメイドが高らかに主人の名を告げた。

その瞬間、女達は皆一斉《みないっせい》に席を立つ。

そして、スカートを摘まみ上げると、膝《ひざ》を軽く曲げ頭を垂れ、女達は淑女《しゅくじょ》らしい礼節を以《もっ》て、ローゼリア王国の真なる支配者を迎え入れた。

「本日は急な催《もよお》しにもかかわらずお集まりいただきありがとうございます。御子柴大公家の当主である御子柴亮真と申します。以後よしなに」

その言葉と共に、亮真は軽く頭を下げて見せる。

こうして、茶会という名を借りた戦争は静かに幕を開けたのだった。

彼女達が椅子《いす》に腰を下ろすと、双子のメイドが準備していたワゴンからティーポットを取り出し、客人達へ紅茶を注いでいく。

そして、全員にお茶が行き渡った事を確認《かくにん》し、亮真は徐に口を開く。

「さて、それでは始めるとしましょう……まずは、シャーロット様。急なお願いにもかかわらず色々と手配してくださりありがとうございました。皆さんの日程を調整するのも大変だったでしょう？　何しろ、私はローゼリアの貴族社会では異端視《いたんし》されていますからね。ご面倒《めんどう》をお掛《か》けしました」

茶会の開幕を告げる最初の言葉は、シャーロットへの感謝の言葉だった。

まずは、この茶会を開催するにあたって、最も働いた人間を参加者の前で労《ねぎら》うという事なのだろう。

そしてそれは、シャーロット・ハルシオンが一歩前に出たという事実の宣告に他ならない。

他の人間の前で賞賛を受けるというのは、それだけの意味を持つのだから。

(でも、これは一種の試験でもあるでしょうね……)

此処《ここ》で自分の功績をひけらかす様な言動は、自分の器量を下げる愚行《ぐこう》。

少なくとも、目の前で笑みを浮かべる男の心証は確実に悪化する。

だから、亮真の言葉に内心では小躍《こおど》りしながらも、シャーロットは悠然《ゆうぜん》と微笑《ほほえ》んで見せた。

「お言葉痛み入りますわ。ですが、大した事はしておりませんわ。このローゼリア王国で閣下のお招きを断る様な人間はおりません。誰もが喜んで参加させていただく事でしょう。少なくともこの場に参加された皆さんは、その程度の判断が出来る方々ばかりですから」

その言葉に、亮真は静かに頷いて見せる。

「成程《なるほど》……確かに、皆さんは才媛《さいえん》の誉れ高い方々ばかりですからね……しかし、本当にお美しい方ばかりだ。皆さんのドレスも実に洗練されていて素晴《すば》らしい出来ですね。これが最近の流行ですか？　中々に大地世界の文化も侮れないですね」

そういって周囲を見回す亮真は悠然と笑って見せる。

何しろ、肩《かた》を大きく剥《む》き出しにしたものを筆頭に、胸元《むなもと》が開いている物、現代風の薄絹《うすぎぬ》を使った肌を薄《うつす》らと見せる様な物等、実に多岐にわたる。

まさに百花繚乱《ひゃつかりょうらん》と言ったところだろうか。

ましてや、この場に男性は亮真しかいないのだ。

並の男なら、その色香に迷うのは当然と言える。

また彼女達も、そういう視線で見られる事を意識した装いをしているのだ。

だが、亮真の目に下卑《げび》た色欲の色は微塵《みじん》も浮《う》かんではいなかった。

ドレスを褒めたのも、美しいものを美しいと正直に評価しただけ。

そういう事なのだろう。

（まぁ、この方の性格なら当然の反応かも……勿論《もちろん》、欲情に溺《おぼ》れた視線を向けられるのも怖気《おじけ》を感じますが、少しばかり張り合いがない気もしますね……）

そんな亮真に対して、理不尽《りふじん》ともいえる不満を抱きつつ、シャーロットは頷いてみせる。

「裏大地世界《リアース》から流入してきた服などを参考にしている様ですから、亮真様から見ても違和感が少ないのでしょう」

「ほう……そうなのですか？」

「はい、服や装飾品のデザインに関しては、どうしてもあちらの世界の方が洗練されていますから」

これは、極めて当然の事だろう。

戦乱の絶えないこの大地世界よりも、比較的《ひかくてき》平和な地球の方が、文化面で多様性を維持《いじ》出来るのは当然の事なのだから。

そして、発展とは何かと何かを掛け合わせる事で生まれる事が多い。

それは、デザインにも同じ事が言えるだろう。

「成程……それはそうかもしれませんね」

そう言いながら亮真は、双子が注いだ紅茶に口をつける。

それを見て、シャーロット達も同じようにティーカップを手にした。

「あら？　これは……」

女達の一人が微《かす》かに首を傾げる。

立ち上る湯気に含《ふく》まれた香りが想像していたものと違《ちが》ったのだろう。

「本当だわ……甘《あま》く微かに蘭《らん》の花の様な……」

「色も幾分濃《いくぶんこ》いみたいね」

御子柴大公家と言えば、リスノルス産の紅茶というイメージが強いのだが、どうやら今回は別の銘柄《めいがら》を用意したらしい。

「でも……これはいったい？」

勿論、色合いや香りなどから、リスノルス産の茶葉にも引けを取らない最高級品なのは見て取れる。

だが、上流階級に生まれ多くの美食を堪能《たんのう》してきた彼女達でも、このお茶の産地が何処か直ぐに思《おも》い浮かばないのだ。

そして、そんな彼女達の戸惑う姿を見て、亮真は朗《ほが》らかに笑い声をあげた。

「お気づきになりましたか？　これは、東方大陸は天華帝国《てんかていこく》のお茶です。景門紅茶《けいもんこうちゃ》と言いまして、何でも向こうの国では天華《てんか》八大銘茶《めいちゃ》と謳《うた》われる逸品《いっぴん》らしいです。なので、是非この機会に味を見て頂ければと思います。今まであまり西方大陸に持ち込まれる機会は少なかったでしょうからね」

その言葉に、女達は、自らの記憶《きおく》を確かめながら口を開く。

「天華帝国……確か、東方大陸最大の大国と謳われている国……でしたかしら？」

「まさか、そんな遠方にまで船を？」

だが、女の問いに亮真は軽く手を振《ふ》り否定する。

「いやいや、中央大陸を経由して輸入した物です。勿論、将来的には直接、東方大陸まで船を出したいとは思いますが、まだまだ先の話ですね」

そう言うと亮真は、朗らかに笑って見せた。

「では、皆さんにはこちらもお試《ため》しいただきましょう。マカロンも美味《おい》しいですが、毎回同じでは芸がないですからね」

そう言って金髪のメイドに合図をする。

それに金髪のメイドは小さく頷くと、背後に準備していたワゴンを前に出した。

「どうぞ……ご賞味ください」

そう言って供せられたのは、無数のホールケーキ。

イチゴを載せたオーソドックスなショートケーキをはじめとして、レアチーズケーキ、スフレチーズケーキ、バスクチーズケーキや、様々なフルーツを盛り合わせたタルトまで用意されている。

「これは……」

「うちの料理人に命じて作らせた品です。どれも味は折り紙付きですので、硬《かた》い話は後にして、まずは楽しんでいただければと。ご自由にお好きな物を御取《おと》りください」

その言葉に、シャーロット達は皆、目を輝かせる。

「素晴らしいですわ。まさかこれほど多種多様なお菓子を目にする事が出来るとは思いませんでした。私はこのフルーツの載ったものを頂きますわ」

そう言うとディアナ・ハミルトンが顔を綻ばせた。

そして、そんなディアナの言葉を皮切りに、目を輝かせていた彼女達も、待機している双子に向かって自らの希望を告げる。

「私は、このイチゴの載ったものをお願いします」

「私は、こちらのチーズを使ったものを頂けますか？」

茶会というには大分固く重苦しい空気だったが、それが一瞬《いっしゅん》にして和《やわ》らぎ、まさに茶会に相応しい雰囲気《ふんいき》になったと言えるだろう。

そして、亮真もまた彼女達の反応を見守りながら、満足そうな笑みを浮かべる。

それは一見したところ、娘を見守る父親にも見えない事は無かっただろう。

或《ある》いは恋人《こいびと》が喜ぶ姿に満足する男の姿か。

だが、今の亮真の心の中には、そんなほのぼのとした温かさとは全く別の感情が浮かんでいた。

それは言うなれば、試験官の様な物だろうか。

(まぁ、女性は甘い物に目が無いというからな……ただ、彼女達が本当に評判通りの才女なら、俺《おれ》の意図を見抜ける筈だ。まぁ、まずは第一関門を潜《くぐ》れるかどうかだが？)

そして、そんな亮真の期待に、彼女達は見事に応えて見せる。

「成程、これはハミルトン伯爵領《はくしやく》で産出されるチーズを使われているのですね。あそこのチーズは軽い酸味と豊かなコクを持つ逸品として王国の上流階級では有名ですが、この様な菓子の材料として使うと、また違った美味しさを楽しめますわ」

「こちらのフルーツタルトに使われている葡萄《ぶどう》と桃《もも》も、甘さと風味が素晴らしいです。恐《おそ》らく、アイゼンバッハ伯爵家《はくしゃくけ》が管理されているゴンドラーナ領の物でなければ出せない甘さと風味ですわ」

「ええ、でも王国南部であるゴンドラーナから運んで来たにしては、瑞々《みずみず》しさも十分に保たれていますわ。余程《よほど》保存方法が良いのでしょう」

その言葉に令嬢達《れいじょうたち》はにこやかに頷いて見せた。

そして、口直しにティーカップへ水蜜桃《すいみつとう》の様な唇《くちびる》を付ける。

「素晴らしいですわ。最初に頂いた時には少し身構えてしまいましたが、こうやってお菓子《かし》を頂いた後に飲むと、香りや渋《しぶ》さのバランスが良い事に気付かされます」

「本当に……そして、このお菓子の素晴らしさ……まさか、私どもの領地で産出された名産品を用いて、これほどの物が作られるなんて……」

その言葉に、亮真は満足げに頷く。

「ええ、皆さんの領地で作られる特産品を使っています」

「以前、御子柴様がザルツベルグ伯爵邸《はくしゃくてい》で催された夜会で、出席者の貴族に料理を振舞《ふるま》った際に、同じことをされたとか？」

シャーロットの言葉を聞き、亮真は唇を吊《つ》り上げて嗤《わら》う。

それはまさに、亮真の意図を正確に理解した証だったから。

「ええ。私は私と同じ道を歩んでくださる方に、出来うる限り豊かになっていただきたいと考えていますので……ね」

その言葉に、女達は顔を綻ばせた。

亮真の言葉に含まれた意味を素早《すばや》く察したのだろう。

また、それが察する事の出来ない様な人間がこの場に呼ばれる筈もない。

「我《わ》が、メルディアス子爵家《ししやくけ》は、このご恩を決して忘れませんわ」

「ありがとうございます。閣下の御厚情《ごこうじよう》に何より御礼《おんれい》申し上げます」

イリス・メルディアス子爵令嬢《ししやくれいじよう》を始め、彼女達は次々にお礼の言葉を口にする。

何故《なぜ》ならそれは、彼女達の家門に対して、ローゼリアの最高権力者に等しい男から免罪符《めんざいふ》を受け取ったに等しいのだ。

そして、その免罪符こそ、彼女達がこのお茶会に参加した最大の目的。

勿論、免罪符とは言え、ただの言葉だ。

しかし、ローゼリア王国の国王であるラディーネですらも顔色を窺《うかが》う存在である御子柴亮真という男の言葉は、どんな契約書《けいやくしよ》よりも重い意味を持つ。

何故なら、もし彼女達の家を存続させるつもりがないのならば、自分と同じ道を歩く人間を豊かにしたいなどという言葉は決して出てこないし、各領地の名産品を使った菓子を態々準備する筈もないのだから。

それは極めて正しい反応であり、亮真の望んだ展開でもある。

もし彼女達の能力が亮真の求める水準でなければ、そもそも言葉に含ませた意味が伝わらなかった可能性も考えられた以上、一先《ひとま》ずテストの第一関門は突破《とつぱ》と言っていいだろう。

（予想通りの反応か……まぁ、貴族にとって家門の存続は自分の命よりも重いというからな。口約束とは言え、家門の存続が出来るとなれば喜ぶのは当然。……ただ、喜んでばかり居られても困るんだよな……）

勿論、見目麗しい令嬢達が心からの感謝を伝えてくるというのは、亮真としても悪い気分ではない。

ただ、現実主義者にして、実利を重んじる亮真としては、感謝の言葉だけで終わらせられても困るというのが本音だ。

それは言うなれば、日本の武士が主従関係を結ぶ上での概念《がいねん》である御恩《ごおん》と奉公《ほうこう》の関係。

或いは、現代社会において会社が社員へ労働の対価として賃金を支払《しはら》う事にも通じているだろう。

労働には対価が支払われるのが当然だが、それは逆もまた然りなのだから。

（こちらが配慮《はいりょ》した分だけのリターンがないと……な）

それは、この大地世界と呼ばれる異世界においても、人が生きていく上で不変の真理といえるだろう。

そんな中、やはり亮真の最も聞きたい言葉を口にしたのは、彼女達のまとめ役であるシャーロット・ハルシオンだった。

「それで御子柴様。私共はその御恩に対して、どの様なお返しをすれば宜《よろ》しいでしょうか？」

その問いに、亮真は満足げに頷いた。

そして、徐に口を開く。

「そうですねぇ……それでは、一つ私が頭を悩《なや》ませている問題に対しての対策案をご相談させて貰《もら》いましょうか」

そう言うと亮真は、昨日齎《もたら》された凶報《きょうほう》に関して説明を始めた。

まずは、ザルーダ王国のジョシュア・ベルハレスが送ってきた密書に書かれていた、オルトメア帝国《ていこく》のザルーダ再侵攻《しんこう》と、ザルーダ王国国王ユリアヌス一世の危篤《きとく》という秘匿《ひとく》情報の共有。

そして、その二つの凶事《きょうじ》から亮真が懸念《けねん》を抱《だ》く理由の説明。

それは言うなれば、国家の存続に直結するような重大な話であり、その情報を耳にすることの出来る人間は、国家の運営に携《たずさ》わるような要人に限られる様な情報と言えるだろう。

下手をすれば、秘密保持の名のもとに、殺される可能性すらも出てくる危険な情報。

しかし、亮真の話を聞いた彼女達の顔に動揺の色はない。

(少なくとも、表面的には極めて冷静であり、平静を保っている)

それは、貴族令嬢《れいじょう》として生まれた故なのか、それとも彼女達自身の資質や能力によるものなのかは現時点では分からない。

しかし、彼女達がこのお茶会に参加する資格を有している事だけは確かと言えるだろう。

亮真の話が終わり彼女達は一瞬、互《たが》いの顔を確かめる。

そして、彼女達は徐に口を開いた。

「成程……御子柴様の懸念は正しいと思われますわ」

ベティーナ・アイゼンバッハが妖艶《ようえん》な笑みを浮かべながら、亮真の考えに賛同の意を示す。

そして、ベティーナの言葉に続いて、他の女達も次々と賛同の声を上げると同時に、彼女達はテキパキと状況《じょうきょう》を整理していった。

「ええ、やはりタイミングが良すぎますね」

「ユリアヌス陛下がお倒《たお》れになったタイミングで、都合よくオルトメア帝国が再侵攻を始めるとは思えませんから」

「私もイリス様の意見に賛同します……ただ、そうするとユリアヌス陛下の側近の中に敵に内通しているものが居る事に……」

「成程、獅子《し》身中《しんちゅう》の虫《しし》が潜《ひそ》んでいるという訳ですか……何処《どこ》の国にもそういう輩《やから》は居るのですね」

そんな女達の言葉に、亮真は深く頷いて見せた。

「ええ……以前から体調がすぐれなかったという話ですが、それほど病状は重くなかった様ですし……恐らくですが、遅効性《ちこうせい》で効果が弱めな毒を使ったんでしょうね。体力を削《けず》りつつ、タイミングを見計らっていたと見るべきでしょう……目的はオルトメア帝国のザルーダ侵攻を手助けする事だと思われます……何処の誰《だれ》が裏で絵を描《えが》いたかは分かりませんが……ね」

その言葉に頷き合う女達。

「御子柴様の予想は正しいと思います。恐らく手引きしたのはオルトメア帝国……もしくは、彼《か》の国の勢力拡大を後押《あとお》ししたい第三の勢力と言ったところですか」

「私としてはオルトメア帝国が一番怪《あや》しいと思います。あの国にはシャルディナ・アイゼンハイト様がいらっしゃいますから」

「そうですわね。あの姫将軍《ひめしょうぐん》と呼ばれるシャルディナ様ならば、そのくらいの手は打ってくるでしょう」

それは極めて的確な状況分析《じょうきょうぶんせき》と言えるだろう。

とは言え、それだけでは正直に言って亮真の求める水準には少しばかり足りない。

だが、シャーロット、ベティーナ、ディアナの三人は、そんな才女達の中でも能力的に頭一つ分くらい飛び抜けていたらしい。

「成程、もしオルトメア帝国の侵攻を援護《えんご》する目的であれば、我がローゼリア王国に対しても布石を打ってくる可能性が有りますね。少なくとも、私ならローゼリア王国に何の布石も打たないなどという事は考えられませんから」

シャーロットの言葉に、ベティーナとディアナが頷く。

「私もその意見には同意します。私なら、御子柴様の動きを妨害《ぼうがい》する為に、何らかの謀略《ぼうりゃく》を仕《し》掛《か》ける事でしょう」

「ええ、私もお二人に賛同します……普通《ふつう》に考えれば、御子柴様に対して不満を抱く貴族達を唆《そそのか》し、反旗を翻《ひるがえ》させるのが現実的でしょうね。そうすれば、御子柴様は勿論、ローゼリア王国としてもザルーダ王国へ援軍を出すのが難しくなりますからね」

その言葉に、亮真は深く頷く。

（まぁ、そうなるよな……）

ローゼリア王国に於ける現時点での最大戦力は御子柴大公家が保有する軍である事に間違《まちが》いはない。

また、北部征伐から先日の王都防衛線に至るまでの間、兵力を減らし続けていたとはいえ、未《いま》だにローゼリア王国が保有する王家直轄《ちょっかつ》の六個騎士団《きしだん》と貴族達が保有する私兵は、無視することの出来ない戦力であることは確かだろう。

国外の遠征《えんせい》となれば出せる兵力は制限されるとはいえ、それでも様々な危険因子を無視すれば十万程度の兵力を援軍として送り出すことは可能なのだ。

それは、超大国であるオルトメア帝国としても無視する事の出来ない戦力。

だが、ローゼリア王国の貴族達が反乱を起こせば、状況は一変する。

それはまさに、自らの戦力を消費する事無く、敵の戦力を削る事の出来る鬼手だろう。

「まぁ、それが一番簡単な策ですからね……それこそ、先日より話題になっているロマーヌ子爵の様な馬鹿な貴族を嗾《けしか》ければ済むでしょうし」

「本当に……残念ながら、我が国《くに》にはそう言う愚《おろ》か者が多いですからね」

「ええ、同じ貴族としてお恥《は》ずかしい限りですわ。まぁ、そうは言っても、そんな愚か者にも使い道がない訳ではありませんけれども……ね」

そう言って高らかに笑う三人。

一見したところ、彼女達の言葉は悲観的なものだ。

だが、その言葉とは裏腹に、彼女達の顔にはある種の余裕《よゆう》すらも浮かんでいる。

そして、亮真はその言葉から、ロマーヌ子爵家に対して工作を仕掛けている人間が、彼女達三人である事を察していた。

(やはり、権謀術策《けんぼうじゅつさく》の才があるな……美しい花には棘《とげ》が有ると言うが、棘が生えているどころか毒花だ……な。こりゃぁ……)

或《あ》る意味、扱《あつか》い方を誤ると自分が手酷《てひど》い火傷《やけど》を負いかねないだろう。

しかし、同時に亮真としてはこのローゼリア王国という国の貴族にも、未だ有能な才人達が埋《う》もれて居る事に安堵《あんど》したのも事実だと言える。

そして何より、彼女達の放つ策謀《さくぼう》という名の妖《あや》しい輝《かがや》きが、亮真の心を魅了《みりょう》するのだ。

「敵の弱点を突《つ》くのは兵法の基本ですからね」

その言葉に、シャーロット達は皆《みな》、扇子《せんす》で口元を隠しつつも冷笑を浮かべた。

「やはり、御子柴様もそのようにお考えですか?」

「ええ、もし自分が仕掛ける側の人間であれば確実に布石を打ちます……何せ、失敗しても嫌《いや》がらせとして相手の選択肢を絞《しぼ》る事が出来ますからね」

「そうですね。こちらの動きを制限するという意味でも、非常に有効だと思われます。ただ、それが分かっていたとしても、防ぐとなると……」

「難しいでしょうね。少なくとも、誰かが逐一監視《ちくいちかんし》するしかないでしょう。そして、怪しい動きを見つけるたびに対処する」

「なるほど……そして、御子柴様は私達にその役目を任せたいという事でよろしかったですか？」

「えぇ……皆さんならば適任だと思っています」

その言葉はまさに、シャーロット達にとって、最も聞きたかった言葉と言える。

「成程……それでは、貴族達の不満と反感を、上手《うま》く管理しなければいけませんね……」

シャーロットの言葉にベティーナが相槌《あいづち》を打つ。

亮真が彼女達に求める役割を正確に理解した証だ。

そして亮真は、そんな彼女達に最も重要な仕事を任せる事にした。

「それに伴《ともな》って、一つ仕事をお願いしたいと思っています」

「はい……ロマーヌ子爵家とその取り巻き連中の処遇《しょぐう》に関して……ですね？」

亮真の言葉に、シャーロットは深く頷く。

「ええ、早急《さっきゅう》にケリをつける必要がありますので……それも出来れば貴族連中の反発を出来るだけ抑《おさ》える形で処分したいのですが、お願い出来ますか？」

「畏《かしこ》まりました。そういうお話になるかと思い、既に準備は出来ております。ただ、その件で一つご相談が……」

そう言うと、シャーロットは冷たい笑みを浮かべる。

そしてそれは、この茶会に参加した令嬢達にとって、既に確定した共通の認識《にんしき》なのだろう。

彼女達の顔には、疑問も動揺《どうよう》の色も浮かんではない。

その自信に満ちた言葉と表情に、亮真は満足そうに頷いて見せた。

第二章　煽《あお》る者と煽られる者

天空を灰色の雲が覆《おお》っていた。

星の瞬《またた》きは疎か、月明かりすらも、その分厚い雲にさえぎられた闇夜《やみよ》。

王都の貴族街に設けられたロマーヌ子爵家の屋敷《やしき》には、今日も怒声《どせい》が響《ひび》き渡《わた》る。

マリオ・ロマーヌがローゼリア王国の王都ピレウスの裏路地で命を落としてから、既に半月が経《た》った。

だが、未だに父親であるロマーヌ子爵は荒《あ》れ狂《くる》っていた。

「ふざけるな！　何故《なぜ》だ！　何故、息子《むすこ》が死ななければならない！　何故だ！」

そう叫《さけ》ぶと、ロマーヌ子爵は、勢いよくワインの入った酒瓶《さかびん》を呷《あお》る。

だが、ロマーヌ子爵の口腔《こうこう》には、数滴《すうてき》の赤ワインが滴《したた》っただけ。

既にその中身が空である事を知り、壁《かべ》に向かって酒瓶を力いっぱい投げつけた。

「糞《くそ》が！　どいつもこいつも舐《な》め腐《くさ》りおって！　私を誰だと思っているんだ！　ローゼリア王国の建国前から続く名門、ロマーヌ子爵家の当主だぞ！」

部屋の中に響く破砕音《はさいおん》。

既に壁際には同じ運命を辿《たど》った酒瓶が山となっていた。

そして、ロマーヌ子爵は苛立《いらだ》たしさを紛《まぎ》らわせるために、机に拳《こぶし》を叩《たた》きつける。

御子柴亮真《みこしばりょうま》という男への憤怒《ふんぬ》と、跡継《あとつ》ぎであるマリオを喪《うしな》ったという絶望が、ロマーヌ子爵の心を燃え上がらせる。

その炎《ほのお》を放っておけば、何《いず》れロマーヌ子爵の心を完全に燃やし尽《つ》くしてしまうに違いない。

当人もそれを理解しているのだろう。

だからこそ、怒《いか》りと絶望と言う名の炎を少しでも鎮火《ちんか》させる為に、酒と言う名の水で消火活動に勤《いそ》しんでいるのだから。

しかし、怒りと絶望と言う名の炎が消える事は無い。

酒を幾《いく》ら飲んでも、現実は何も変わらないのだから。

そして、現実を変えられないのだという事実が、更にロマーヌ子爵の心を苛《さいな》む。

「たかだか平民を何人か嬲《なぶ》りものにしたからと言って、それがいったい何だというのだ！　高貴な血を持つ私達貴族階級の人間が楽しんで何が悪い。それを、平民を救う為に私の息子を……ロマーヌ子爵家の跡取《あとと》りを殺しただと？　私の息子が、あんなドブネズミにも等しい平民の命と等しいとでもいうつもりなのか！」

それは、選民意識に凝《こ》り固《かた》まった人間の発想であり怨嗟《えんさ》に満ちた叫び。

この言葉を現代社会で生きている人間が耳にすれば、ロマーヌ子爵家は間違いなく糾弾《きゅうだん》されるだろう。

例えるならば、現代社会において、政治家や閣僚《かくりょう》が国民を家畜《かちく》や奴隷《どれい》と言い放つのに等しい

のだから。

もしこれが、録音でもされていて、インターネットなどに流出すれば、間違いなく政治家生命は断たれる。

下手をすれば、二度とまともな社会生活が送れなくなる程《ほど》の重い代償《だいしょう》を支払う羽目にもなるかもしれない。

しかし、それはあくまでも現代社会に暮らす人間の発想であり、感想でしかないのだ。

実際、ローマーヌ子爵には、そういった平民達が自分の言葉を聞いた時に感じる怒りや憎《にく》しみ、反感などに対しての危機感などはない。

ローマーヌ子爵にとって、平民とは文字通り、税を取り立てる対象であり、贅《ぜい》を貪《むさぼ》る為《ため》の代わりが利く道具でしかないのだ。

そして今、ローマーヌ子爵の心を占《し》めるのは、息子を御子柴亮真という成り上がり者に殺されたという事実に対しての怒りと、息子を失ったという悲しみのみ。

何故、そう言う結果に陥《おちい》ったのかと考える事もなければ、自分が自らの息子の教育を誤ったという反省や後悔《こうかい》もないのだ。

只管《ひたすら》に他者を責め立て、原因を自分以外の外的要因へ転嫁《てんか》する心理。

とは言え、これは別にローマーヌ子爵が人間的な屑《くず》だからと言う訳ではない。

ローゼリア王国の貴族階級に属する人間の多くは、ローマーヌ子爵を気の毒だと擁護《ようご》するだろう。

少なくとも、マリオ・ロマーヌに非があると断じ、死が正当な結果であると受け止める事の出来る貴族は極《きわ》めて限られる。

それが、このローゼリア王国という国の貴族社会における常識。

「あんな連中は我々貴族に税を払《はら》うだけの家畜だ。いや、家畜は不平不満を言わない以上、連中など家畜以下の存在だ！　そんな連中が死のうとどうなろうと問題などないではないか！」

彼の今の心境は、ローゼリア王国に生きる貴族達にとっては、極めて当然と言われる様な心理状態だろう。

領主として領民を治めるというのは並大抵《なみたいてい》の苦労ではない。

どれほど優《すぐ》れた統治をしても、多かれ少なかれ必ず不平不満が出るからだ。

適切な課税であったとしても、取り立てられる領民達は必ず不満を抱く。

ましてや、領地経営の基盤《きばん》は大部分が農業に依存《いそん》する。

そして、農業はどうしても天候に左右されるのだ。

つまり人知の及《およ》ばない部分で成果が決まる。

そして、何かの天候不良で作物が育たなければ、領民は税を軽減しろと喚《わめ》き出すのだ。

だが、もし豊作になったとしても、大半の領民は神か天気に感謝をしておしまいであり、領主に感謝する事は無い。

そう言う意味からすれば、領主は常に領民から不当な要求を向けられ、感謝される事の少ない仕事と言えるだろう。

そうなると、大半の領主は領民を大事にする事よりも、搾取《さくしゅ》する事を考え始める。

そして、搾取対象であれば、相手を家畜と認識するのも無理からぬ事と言えるだろう。

それが、正しい認識かどうかはさておいて……。

「それが加害者の暴虐《ぼうぎゃく》を止める為に行われた正当な防衛の結果だと？　なんなのだ、それは！　衛兵共め。あの成り上がりの顔色を窺いおって！」

だがこれは、このローゼリア王国では日常的な光景でもある。

強者が弱者を踏《ふ》みにじるのは、ごく自然な事なのだ。

ただ今回は、ロマーヌ子爵家が踏みにじられる側に回る羽目になったというだけの事に過ぎない。

まさに、因果応報としか言いようがないだろう。

ただ、それを心理的に納得《なっとく》できるかどうかはまた別の話でもある。

「息子は……息子の死体は……あそこ迄《まで》、容赦《ようしゃ》なく傷つけられて……その所為《せい》で、あれの母親は未だに床《とこ》に臥《ふ》せっている……あれも側室である自分が産んだ子が、我《わ》が家の跡取りとなって、喜んでいたものを……」

屋敷に運ばれてきたマリオ・ロマーヌの死体を見た時、ロマーヌ子爵は思わず目を背《そむ》けた。

マリオを産んだ母親など、息子の凄惨《せいさん》な死体を目にしてしまい正気を失った。

今では、自室に閉じこもり一歩も外には出てこない有様だ。

まぁ、マリオの頭部は完全に踏み砕《くだ》かれていたし、男性が持つ最大の急所も蹴《け》り砕かれていたから、その惨状《さんじよう》は今更《いまさら》言うまでもない。

まともな神経をしていたら、正視出来なかったとしても何の不思議もないだろう。

ましてや、先の北部征伐によって、跡取りであった正妻が産んだ子が戦死し、側室である自分が産んだマリオに跡継ぎの座が転《ころ》がり込んでくるという幸運に見舞《みま》われていた矢先の話だ。

側室という立場で、長年正妻やその取り巻きから嫌がらせをされてきた彼女《かのじよ》にしてみれば、まさに一発逆転の好機であり、復讐《ふくしゆう》出来る最後の機会だった事は間違いない。

(だが、そんな希望もマリオが死んだ今となっては……)

ロマーヌ子爵にとって、正妻はあくまでも政略結婚によって結ばれただけの他人。

それに比べて、側室は自らの意思で選んだ最愛の妻。

そんな最愛の女性が産んだマリオはロマーヌ子爵にとって、死んだ長男以上に可愛《かわい》く愛《いと》おしい存在だったのは間違いない。

「酒だ！　酒を持って来い！」

ロマーヌ子爵の口から、再び怒号《どごう》が放たれた。

そして、しばらくすると中年のメイドが肩を震《ふる》わせながら扉《とびら》を開ける。

「ご主人様……お待たせいたしました」

そう言って頭を下げると、机の上にワイングラスを置いて再び頭を下げる。

その肩が細かく震えているのは、決して目の錯覚《さつかく》ではない。

彼女にしてみれば、とんだ災難としか言えないだろう。

何しろ、ロマーヌ子爵は決して使用人に優《やさ》しいタイプの主人ではないのだ。

いや、優しいかどうかより、人間的にかなり問題があるタイプの人間。

それこそ、使用人への折檻《せっかん》と言う名の暴力など日常茶飯事《にちじょうさはんじ》だし、若い村娘《むらむすめ》がメイド奉公として屋敷に上がれば、即日《そくじつ》手を付ける様な人間の屑なのだ。

貴族位という身分によって守られているが、ロマーヌ子爵の普段《ふだん》の行状や言動は、平民の感覚からすれば山賊《さんぞく》や海賊《かいぞく》、或いは街を徘徊《はいかい》するチンピラの所業と大差はない。

ましてや、今は跡継ぎを失い怒り心頭の状態。

そんな主人に率先《そっせん》して近づきたいと思う訳もない。

だが、だからと言って主人が酒を持って来いと叫んでいる以上、聞こえないふりは出来ない。

それをすれば、ロマーヌ子爵は更《さら》に怒り狂い、剣《けん》を振り回す事も考えられるのだ。

実際、無礼だといって手打ちにされた使用人が何人もいる。

その一人になりたいと思う訳もないだろう。

勿論、避《さ》けられる厄災《やくさい》ではあるのだ。

幸いな事に、屋敷にはこの女以外にも、メイドが何人か勤めている。

そして、そのメイドの中には、彼女よりも若い娘が何人か居たし、数日前に奉公に上がった事情の分かって居ない新人も二人程居るのだから。

保身を考えるのであれば、そういう若い娘に酒を運ばせた方が良かったのは確かだろう。

ただ、今のロマーヌ子爵の状況を考えれば、それはまさに飢《う》えた獣《けもの》の前に、羊を差し出す様なもの。

そして、この中年のメイドは、如何《いか》に自分の身を守る為とはいえ、若い娘達《むすめたち》を生贄《いけにえ》としてロマーヌ子爵の前に差し出す訳にはいかないと思う程度には、善い人間だったのだろう。

また、古株の使用人である自分に対してであれば、ロマーヌ子爵の態度も多少は和らぐのではないかという計算もある。

ただ、一度はそう覚悟《かくご》を決めたとしても、怒り狂っている主人の姿を見れば、胸中に後悔の二文字が過るのは当然。

別に好き好んでロマーヌ子爵の怒りを買いたいとは微塵も思っていないのだから。

そして、残念な事にメイドの嫌な予感は的中した。

「遅《おそ》い！」

ロマーヌ子爵が酒精で濁《にご》った眼でメイドを睨《にら》みつけながら、怒号を張り上げた。

それは、たとえるならば居酒屋のバイトにすごんで見せるクレーマー客の様な物だろうか。

それだけで、メイドが持っていたなけなしの勇気と、部下を守ろうという使命感は粉々に砕け散ってしまう。

「申し訳ございません……」

メイドはか細い声で謝罪の言葉を口にする。

そして、か細い肩を震わせながら、メイドはロマーヌ子爵《ししやく》が早く退室許可を出してくれる事を心の中で神に祈《いの》った。

今の彼女にとって此処は猛獣《もうじゅう》の檻《おり》の中に等しいのだ。

正直なところ、一分一秒でも早くこの部屋から出たいとしか思わない。

しかし、往々にしてそう言った祈りが神に聞き届けられる事は無い。

今回の場合も、案の定ロマーヌ子爵は机の上に置かれた酒瓶をジロッと睨みつけると、突然怒り出す。

「貴様、何かつまみを添《そ》えるという事も出来ないのか？　どいつもこいつも気が利《き》かぬ！　主を何と考えているのだ！　貴様など、家畜にも劣《おと》るわ！　この無能共め！」

それはまさに支離滅裂《しりめつれつ》にして理不尽な要求。

そもそも、ロマーヌ子爵は酒を持って来いとしか命じていないのだから。

確かに主人から酒を持って来いと使用人が命じられた場合、気が利く者ならば乾《かわ》き物やチーズの一つも添えるかもしれない。

もっと気が利く者ならば、水も一緒《いっしょ》に持ってくるだろう。

或いは、酒瓶を机の上に置いた上で、一言「おつまみや水はいかがいたしましょうか？」と問いかけてもいい。

ただそれは、相手がそう言う配慮を使用人がしたいと感じるだけの、価値の有る主人である場合だ。

そして残念ながら、ロマーヌ子爵はそう言った配慮を受けられる様な主人ではないのだ。

とは言え、当の本人はそんな屋敷に仕える使用人達《たち》の心理や本音を慮《おもんぱか》る訳もない。

そう言った配慮が出来る人間は、最初から相手に理不尽な要求などしないし、仮に頼《たの》むにしても、礼儀《れいぎ》を弁《わきま》えた形で頼むだろう。

ただ残念な事に、そういう配慮を受ける資格のない人間に限って、自分は配慮を受けるに値すると勘違《かんちが》いをしている事が多いのが世の常。

実際、ロマーヌ子爵は自らを使用人が仕える価値のある主人であると自認《じにん》している。

恐らく彼は、自分より身分の下の人間は、自分の威光《いこう》に傅《かしず》いて然《しか》るべきだとしか考えていないのだ。

そして、そんな自分を苛立たせる存在を、彼は許す事が出来ない。

「申し訳ございません……ただいま直《す》ぐに何か見繕《みつくろ》ってお持ちいたします……」

理不尽な主人の命令に必死で頭を下げるメイド。

此処で余計な事を言うよりも、謝罪した方が良いと判断したのだろう。

だが、そんなありきたりな選択《せんたく》が、逆にロマーヌ子爵の不満と加虐心《かぎゃくしん》を余計に刺激《しげき》する。

「貴様！　私を馬鹿にしているのだろう！　何が直ぐに何か見繕ってだ！　貴様は、主人である私の好物が何かも知らないのか！　一体私に何を食べさせるつもりだ！」

そう叫ぶと、ロマーヌ子爵は机の横に置かれていた棚《たな》の上から愛用の乗馬鞭《じょうばむち》を手に取る。

それは、冒険者《ぼうけんしゃ》に命じて特別に採取させたという、大トカゲの革《かわ》で作った使用人を折檻する為だけに作った特注品。

そして、数回鞭を軽く振るい、手の感触《かんしょく》を確かめ残忍《ざんにん》な笑《え》みを浮かべる。

その笑みを見ただけで、ロマーヌ子爵の心境は手に取るように分かるだろう。

彼は本気でメイドの対応に怒りを感じているのではない。

そう言う名目でメイドを傷付け嬲りたいのだ。

要は息子を殺され、御子柴亮真という男へ報復も出来ないという現実に対しての、憂《う》さと鬱《うっ》憤《ぷん》を単に晴らしたいだけなのだ。

だが、それを理解しても、メイドに出来る事は一つしかなかった。

もしここで彼女が逃《に》げ出せば、事態はより悪くなる。

この部屋から運よく逃げ出せたとしても、屋敷の外へ逃げるのはまず無理だし、仮に屋敷の外に逃げる事が出来ても、今度は身を寄せる先が無い。

最終的には、男の袖《そで》を引きながら王都の路地裏で惨《みじ》めな路上《ろじょう》生活をする羽目になるのは目に見えていた。

それにもし彼女が姿を消せば、ロマーヌ子爵は村に暮らす彼女の家族へ矛先《ほこさき》を向ける。

そう言う意味からすれば、ロマーヌ子爵は文字通り、彼女と彼女の家族に対して、生殺与奪《せいさつよだつ》の全てを握《にぎ》っていると言っていいだろう。

それが分かっている以上、メイドが出来るのは、慈悲《じひ》を請《こ》う事のみ。

たとえそれが無意味な行為《こうい》どころか、逆に火に油を注ぐ事になると理解していても……。

「いいえ、ご主人様。どうかお許しを……お許しを……」

部屋に響き渡る空を裂《さ》く鞭の唸《うな》り声を耳にして、メイドの顔は蒼白《そうはく》になっていた。

乗馬用の鞭は普通の鞭に比べて短い分、威力《いりょく》も普通の鞭よりは大分低い。

普通の鞭が武器であり拷問道具《ごうもんどうぐ》であるのに対して、乗馬用の鞭はあくまで馬に痛みを与《あた》える事で活を入れる事が目的なのだ。

確かに、叩かれる馬にすれば堪《たま》らないだろうが、少なくとも馬を傷付けることが目的ではないし、それはこの特注品であっても同じ事が言える。

だが、本来の用途《ようと》が分厚い馬の尻《しり》を叩く為の道具である事を考えれば、馬よりも遥《はる》かに耐久《たいきゅう》性《せい》の劣る人間の、それも中年の女性に振るわれれば、ただで済まない事は目に見えているだろう。

死ぬ可能性は低いかもしれないだろうが、確実に皮膚《ひふ》は裂け、血が滴り落ちる事になる。

いや、それだってかなり楽観的な予想。

ロマーヌ子爵の力の入れ具合や、鞭の当たりどころによっては、激痛でショック死する可能性も否《いな》めないのだから。

だが、そんな恐怖《きょうふ》に体を震わせるメイドを目にしても、ロマーヌ子爵は止まらなかった。

そして、容赦なく鞭が振るわれる。

「きゃぁぁぁぁぁ！」

ビシャンという鞭が皮膚を叩いた音と共に、部屋の中にメイドの絶叫《ぜっきょう》が響いた。

その場で蹲《うずくま》るメイド。

よく見ると、メイド服の右肩《みぎかた》の辺りが裂け、赤い血が傷口を押さえる指の間から床に滴り落ちている。

振り乱された髪《かみ》の奥《おく》から、慈悲を請い縋《すが》る様に見上げるメイド。

普段であれば、ロマーヌ子爵も此処《ここ》で矛《ほこ》を収めてくれる筈《はず》なのだ。

しかし、残念な事に今日という日は悪い意味で違《ちが》っていた。

「何だ、文句でもあるのか！」

懇願《こんがん》するメイドの目が気に入らなかったのだろう。

ロマーヌ子爵が手にした鞭が再び唸り声を上げ、激しく叩きつけられた。

一度が二度に。

二度が三度に。

鞭を振るい、メイドが叫び声を上げる度に、ロマーヌ子爵の感情は昂《たか》ぶっていく。

そして、振り上げた鞭に付いていた血が顔に飛び散った時、漸《よう》やくロマーヌ子爵の動きは止まる。

荒《あら》い息遣《いきづか》い。

額には何時《いつ》の間《ま》にかうっすらと汗《あせ》が滲《にじ》んでいる。

ロマーヌ子爵は忌々《いまいま》しそうに手で飛び散った血を拭《ぬぐ》った。

そして、目の間に蹲るメイドを傲然《ごうぜん》と見下ろす。

そして、激痛で既《すで》に気を失っている彼女に向かって、唾《つば》を吐《は》き掛《か》けると、机の上の酒瓶を手に取った。

ロマーヌ子爵にしてみれば、気絶してしまったメイドなど、味のしなくなったガム程度の価値しかないのだろう。

そして、酒瓶に口を付けると一息に呷る。

口元から零《こぼ》れ落ちる命の水が、ロマーヌ子爵が身に着けている白い絹のシャツを赤く染めていく。

そして、一息に飲み干すと、再び空になった酒瓶を壁に向かって叩きつけた。

「酒だ！　酒を持って来い！　それと、この目障《めざわ》りな女をサッサと摘《つ》まみ出せ！」

まさに傍若無人《ぼうじゃくぶじん》とも言うべき振《ふ》る舞《ま》い。

人を半死半生の目に合わせても、少しも悪びれるところがない。

いや、悪びれるどころか、壊《こわ》れた玩具《おもちゃ》に対して、「何故、俺が満足する前に壊れているのだ！」くらいに思っているのだろう。

まさに、親は子の鏡であり、子は親の鏡。

ロマーヌ子爵の振る舞いを見れば、御子柴亮真がマリオ・ロマーヌを止めなかった場合、あの気の毒な食堂の夫婦《ふうふ》がどんな末路を味わう羽目になったかなど、自《おの》ずと知れようという物。

勿論《もちろん》、トンビが鷹《たか》を産む事はある。

或いは、鷹からトンビの子が産まれる事も有るかもしれない。

だが、それはあくまでも極めて低い確率の話。

結局、鬼畜《きちく》の親は鬼畜である事の方が普通なのだろう。

こんな人間と積極的に関《かか》わりを持ちたい人間など、身内や同類の鬼畜など極めて限定されるのが普通だ。

しかし、どういう訳か今夜は違ったらしい。

「失礼いたします……旦那様《だんなさま》、少し宜しいでしょうか？」

扉が軽くノックされ、男の声がした。

ロマーヌ子爵家の屋敷を管理する執事《しつじ》の声に、ロマーヌ子爵は不満げに怒鳴《どな》り返す。

「何だ！　酒を持って来いと命じただろうが！　言いたい事があるなら入れ！」

どうやら自分の命令で酒を持ってきた訳ではない様な口ぶりの執事に対して、ロマーヌ子爵は苛立ちながらも入室を許可する。

ゆっくりと開いた扉。

そこには、この深夜にもかかわらず、何時もと同じ燕尾服《えんびふく》を着こなした初老の執事が立っていた。

「それで……何だ？」

メイドを嬲り者にした事に対しての諫言《かんげん》かとも思ったが、執事の表情を見るに、どうやらそう言う話ではないらしい。

そして、躊躇《ためら》いがちに口を開いた執事の言葉に、ロマーヌ子爵は思わず首を傾《かし》げる事となった。

「いえ……実は旦那様にお客様が……」

それは実に想定外の言葉。

何しろ、既に時刻は深夜零時《れいじ》を大きく回っている。

事前に使者を送る事もなく訪《おとず》れるには、あまりにも時間が遅いだろう。

少なくともローゼリア王国貴族の常識から考えれば、無礼と咎《とが》められるだろうし、場合によっては家門同士の諍《いさか》いにすら発展しかねない暴挙。

そう考えると、執事の対応はあまり好ましいものではなかった。

当主に来客の訪問を伝えるよりも、玄関口《げんかんぐち》で追い返す方が正しいと言えるだろう。

とは言え、その事をロマーヌ子爵は執事に当たり散らそうとはしなかった。

王都の屋敷の一切《いっさい》の管理を任せているこの老執事が、その程度の事を弁えていない訳が無いと本能的に察したのだ。

「誰だ？」

「オルグレン子爵様ご本人でございます」

その言葉に、ロマーヌ子爵の顔は驚《おどろ》きで引き攣《つ》った。

使者を送って来たのではなく、オルグレン子爵本人の訪問という事態に、平静を保つのは難しかったらしい。

だが、最初の衝撃《しょうげき》が薄《うす》れるにつれ、ロマーヌ子爵の酒で鈍《にぶ》った頭脳が、徐々《じょじょ》に状況を把握《はあく》し始めた。

（レナード・オルグレンだと？　あのキザ野郎《やろう》が私に何の用だというのだ？）

ロマーヌ子爵《ししやく》の唇《くちびる》から鋭《するど》い舌打ちが零れた。

個人的な感情で言えば、ロマーヌ子爵はオルグレン子爵を嫌《きら》っていたし、家門同士の付き合いもそれほどある訳ではない。

敵対関係ではないが、付き合いはあくまでも表面的なものに限定されている。

そう言う意味からすれば、こんな深夜の突然《とつぜん》の訪問など受ける謂《いわ》れはない。

それに、爵位《しやくい》だけであればオルグレン家はロマーヌ家と同じ子爵家の家柄《いえがら》。

相手が伯爵《はくしやく》や公爵《こうしやく》などの上位であればさておき、単純に爵位だけを問題視するのであれば、日を改めて出直せと断るのが当然だろう。

だが、オルグレン子爵家の当主であるレナードは、その騎士《きし》としての力量以上に、文化人としての高い名声と、ローゼリアの宮廷内《きゆうていない》に強い影響力《えいきようりよく》を持っている事を考えると、対応は変わってくる。

何しろ、昔はルピス・ローゼリアヌスの芸事の教師役迄担《までにな》っていた程なのだ。

王族の教育を担《にな》う事が出来る人材というのは、単に能力や家柄だけではなく、性格や人間性なども考慮《こうりよ》される。

そんなローゼリア王国貴族の中でも、指折りの逸材《いつざい》であるレナードが当主を務めるオルグレン子爵家は、当然周囲から一目も二目も置かれる様な存在だ。

ましてや、単なる使者ではなく、当主であるレナード・オルグレン自らの訪問となると、如何に傍若無人なロマーヌ子爵とは言え、無下にする事など出来なかった。

「成程《なるほど》……いいだろう会おう」

心の奥底《おくそこ》から絞り出す様な声で、ロマーヌ子爵は答える。

だがその後、自らの惨状を思い出し言葉を続けた。

「一先《ひとま》ずは応接間にでも通して、酒を出して置け。賓客《ひんかく》を待たせるというのはあまり好ましくはないが、向こうもこんな時間に突然訪ねてきたのだ。多少待たされても文句は言わぬだろう。だから私はまず、湯浴《ゆあ》みと着替《きが》えをするとしよう……」

「畏まりました。直ちに準備致《いた》します」

そう言うと一礼して立ち去ろうとする執事。

彼にしてみれば、この場で最優先されるのは、オルグレン子爵への対応。

何しろ、貴族家同士の今後の関係にも影響《えいきょう》が出るのだから、それはある意味致し方《かた》ない事と言えるだろう。

だから、そんな執事に対してロマーヌ子爵は冷たい視線を向けつつ、寛大《かんだい》にも再度同じ命令を下した。

「それと、この目障りな女を適切に処理しておけ……良いな？」

その言葉に、執事はようやく部屋の床に蹲ったまま動かないメイドの姿を思い出す。

そして主人の命令に無言のまま深く頷《うなず》いて見せると、執事は素早《すばや》く踵《きびす》を返した。彼には他に、この場で出来る事など何も無かったから。

たとえそれが、人の道に反している事だと分かってはいても。

どれほど待たされただろうか。

（さて……かれこれ一時間程か？　淑女《しゅくじょ》の身支度《みじたく》でもあるまいに、随分《ずいぶん》とめかし込《こ》んでいるようだな……いや、お楽しみを途中《とちゅう》で切り上げて白粉《おしろい》の臭《にお》いを落とすのに四苦八苦しているという可能性もある……か）

レナード・オルグレン子爵は、ロマーヌ子爵邸《ししゃくてい》の応接間のソファーに腰《こし》掛けながら、そんな事を考えていた。

貴族家をこんな深夜に訪問するというローゼリア貴族としてはかなり無礼な行動をしている以上、ある程度は待たされると覚悟してはいたが、流石《さすが》に一時間近くもとなると、手持《ても》ち無沙汰《ぶさた》を感じてしまう。

このロマーヌ子爵家の応接室の壁には様々な絵画が飾《かざ》られているし、彫刻《ちょうこく》なども置かれているので、芸術に長《た》けているオルグレン子爵としては、それなりに時間を潰《つぶ》せはしたが、流石にそれにも限度という物がある。

（しかし、ロマーヌ子爵は芸術とは何であるかを理解していないようだな……この部屋全体の調和がまるでとれていない……一言で言ってしまえば、品性に欠けている）

応接室に飾られている美術品は皆、ローゼリア王国の歴史の中で名の有る画家や職人の手によって生み出された品。

当然、そのどれもが非常に高価な物であると同時に、単に経済力があるからと言って買える様な品でもない。

例えば、応接間の暖炉《だんろ》の上に掲《かか》げられた花の絵だが、これは三百年ほど前に名を馳《は》せた画家の作品だ。

長い年月が経過した結果、この画家の作品の多くは行方不明《ゆくえふめい》となっていて、蒐集家《しゅうしゅうか》の中ではかなり高値で取引されている。

そんな来歴の有る品がゴロゴロしているのだ。

しかしその一方で、この部屋には芸術を愛しているという主人の気概《きがい》が感じられない。

単に、高価で物珍《ものめずら》しい品を金の力で買い集めて、それなりに飾り付けただけの様にレナードの目には映るのだ。

正直に言えば、ロマーヌ子爵はレナードの感性には合わない人物。

とは言え、感性が合わないからと会談を取りやめる訳にもいかないというのが、辛《つら》いところだろう。

(まぁ、そんな人間だからこそ、あのような噂《うわさ》が立つのだろうが……ね)

ロマーヌ子爵という人物は典型的なローゼリア王国貴族である。

傲慢《ごうまん》で怠惰《たいだ》で高圧的。

選民志向が極めて強く、平民を家畜以下の存在としか認識しない上に、少しでも自分の意に添わなければ平然と加虐して憚《はばか》るという事が無いのだ。

だから、領民達からは蛇蝎《だかつ》の如く嫌われていると同時に、恐《おそ》れられてもいる。

当然、そんなロマーヌ子爵の王都における評判も決して芳《かんば》しいものではない。

貴族派の中でそれなりの権勢を誇《ほこ》っているから誰《だれ》も何も言わないが、ロマーヌ子爵に対して眉《まゆ》を顰《しか》める貴族も割と多いのだ。

その筆頭が、マクマスター子爵やエレナ・シュタイナーと言った面々だろうか。

その時、扉が軽くノックされた。

そして、レナードが「どうぞ」と声を掛ける前に、部屋の扉が開かれる。

そこに立っているのは、この部屋の主であるロマーヌ子爵。

真っ白な絹のシャツに、紺色《こんいろ》の上着。

手には青や赤の宝石が付いた煌《きら》びやかな指輪だ。

時間を掛けただけあって、これから夜会に出席しても何の不思議もない程の装《よそお》いと言えるだろう。

まぁ、賓客を迎《むか》えるという意味では及第点《きゅうだいてん》だ。

しかし、折角《せっかく》の豪奢《ごうしゃ》な装いも、着る人間の品性によっては、その輝きを失ってしまう物らしい。

「失礼、随分とお待たせいたしましたな。何しろ、ぐっすりと寝《ね》ていまして、身支度に時間が掛かってしまいましてね。どうか、許されよ」

そう言うと、悪びれた様子もなくソファーへと腰《こし》を下ろすロマーヌ子爵。

事ある毎《ごと》に、相手へ嫌味《いやみ》を言わないと済まない性格らしい。

だが、そんな屋敷の主の態度に、レナードは愛想《あいそ》よく笑みを返す。

「いえ、どうかお気になさらずに……私の方こそ、この様な夜分に突然訪問した無礼をどうかお許しください」

それはまさに、大人としての社交辞令。

ロマーヌ子爵の嫌味の籠《こも》った挨拶《あいさつ》を、レナードは軽く流して見せる。

「そうですか……まぁ、いいでしょう」

そう言うとロマーヌ子爵は軽く鼻を鳴らして見せた。

レナードの反応が面白《おもしろ》くないのだろう。

ただそれは、レナードにとっても織《お》り込み済みだ。

「それで？　こんな夜中に突然訪ねられてきた理由は何ですかな？　オルグレン子爵家とは、さほど親交があった訳ではないと思いますが？」

そう言うと、ロマーヌ子爵は馬鹿にしたような笑みをレナードへと向けた。

とは言え、その心境をレナードは当の昔に見通している。

（まぁ、予想通りの反応だな……）

親交の無い貴族家の当主がこんな夜分に突然訪ねてきて、それを追い返そうとしない貴族家はまず存在しない。

礼儀がどうのという以前に、そんな深夜にやってくる人間との密談など、まともな話である訳が無いのだ。

それこそ、どんな策謀に巻き込まれるか分からない。

最悪、謀反《むほん》の片棒を担《かつ》がされて、一族郎党《いちぞくろうとう》が処刑《しょけい》されるという未来すらも、決して考えすぎではない。

そしてそれは、貴族として一定期間を生き抜《ぬ》いて来た人間であれば、当然弁えているべき常識と言って良いだろう。

当然、如何に暗愚《あんぐ》で愚鈍《ぐどん》と言われるロマーヌ子爵も、その事は分かっている筈だ。

いや、暗愚で愚鈍と陰口《かげぐち》をたたかれ、領主として失格だからこそ、逆に自分の保身に関しての危機予知能力には素晴《すば》らしい物があるのだろう。

そうでなければ、当の昔にロマーヌ子爵家は潰れるか、代替《だいが》わりをしていた筈なのだから。

(だが、それが分かって居ても、ロマーヌ子爵は私と会う事を選んだ……それは何故か？　まあ、理由は一つしかないな……)

だからレナードは徐《おもむろ》に口を開いた。

「理由はロマーヌ子爵が一番お分かりでしょう？」

その言葉に、ロマーヌ子爵の顔色が変わる。

「はて？　何の事でしょうかな？」

「本当にお分かりにならない？　王都の平民達の間で囁《ささや》かれているあの成り上がり者とマリオ殿《どの》の一件に関しての噂ですよ」

その言葉を聞いた瞬間《しゅんかん》、ロマーヌ子爵の顔に怒気《どき》が浮《う》かぶ。

それでも、怒鳴り出さないのは、相手が同じ子爵だからだろうか。

「オルグレン子爵は、そんな話をする為に、態々《わざわざ》こんな夜中に我《わ》が家を訪ねて来られたのか?」

怒りと殺意の入り交じった声。

もし近くに剣があれば、ロマーヌ子爵はレナードへ斬《き》りかかっていたかもしれない。

だが、それも仕方のない事だろう。

既に今回の一件は王都中に広まっており、多くの平民達が拍手喝采《はくしゆかつさい》を贈っているのだから。

勿論、貴族の常識からすれば、あり得ない結末なのは事実だ。

しかし、マリオ・ロマーヌの行状を知る庶民《しよみん》からすれば、御子柴亮真の行動はまさに、我が意を得たりとばかりに膝《ひざ》を叩く事だろう。

そして、そんな民衆の声に忖度《そんたく》して、本来はこういった事件を処理する筈の貴族院すらも動こうとはしないのだ。

何しろ、道理の面から見ても御子柴亮真の行動は称賛《しようさん》されこそすれ、非難するのは難しい。

ましてや、今の御子柴亮真は、単なる流れ者ではなく、ローゼリア王国でただ一人の大公位を叙勲《じよくん》された最高位の貴族。

そんな相手に、貴族院が及び腰《ごし》になるのは自然な反応だろう。

ただ、だからと言ってロマーヌ子爵がそんな状況《じようきよう》に不満や怒りを感じない訳がないのだ。

そして、レナードの言葉は、そんなロマーヌ子爵の怒りに火を点《つ》けた。

「もう一度聞く……オルグレン子爵は、そんな話を私にする為に、我が家を訪ねて来られたのかね？　私と私の息子を愚弄《ぐろう》する為に？」
だが、そんなローマーヌ子爵に対して、レナードは平然と嘯《うそぶ》く。
「やはり、ご不満の様ですね」
「当たり前だ！　我が家は世継《よつ》ぎを殺されたのだぞ！　たかが平民の一人や二人を嬲ったから
と言ってそれが何だというのだ！　それが、我がローマーヌ子爵家の世継ぎを殺す理由になると
でもいうのか！」
だが、そんなローマーヌ子爵に対して、レナードは肩《かた》を竦《すく》めて見せて嗤《わら》う。
「それに加えて、先の戦でローマーヌ子爵領は【双刃《そうじん》】の二人によって、かなりの被《ひ》害《がい》が出た様
ですしね。テルミスの街の復興はかなり大変でしょう」
その言葉に、ローマーヌ子爵の顔から、怒気が消えた。
「貴様……何故それを……」
ローゼリア王国南部にあるローマーヌ子爵領の中でも、テルミスの街は国境の街ガラチアと南
部の中心都市であるイラクリオンの中間程にあり、ローゼリア国内の流通におけるハブ的な役
割をしている重要地だ。
本拠地《ほんきょち》であるプロレジアと並んで、ローマーヌ子爵家にとっては代わりの利かない急所といえ
るだろう。
そして、その重要地であるテルミスの街がロベルトとシグニスの二人によって攻撃《こうげき》された結
果、ローマーヌ子爵家の財政は急速に悪化している。

そもそも、本来はプロレジアの屋敷《やしき》で暮らしていたマリオ・ロマーヌが王都にやってきた理由は、北部征伐《せいばつ》時に王国南部で【双刃】の二人が空き巣になった貴族領を襲撃《しゅうげき》したからなのだ。

何しろ、北部征伐に参加した貴族の多くが、己《おのれ》の領地から兵と有力な指揮官を引き抜いており、領地に残っているのは二線級の指揮官と少数の兵士のみ。

そんな状況下で、【双刃】と呼ばれるロベルト・ベルトランとシグニス・ガルベイラが率いる襲撃部隊に抗《あらが》える筈もない。

その結果、襲撃を受けた貴族家の多くは抵抗《ていこう》するのを諦《あきら》め、自らの家族を王都へと避難させていた。

それは貴族家としては決して名誉《めいよ》とは言えない選択。

だが、家を継《つ》ぐ事を重視する貴族にとっては当然の選択とも言えるだろう。

勿論、【双刃】が怖《こわ》くて王都に逃げ出したなどとは口が裂けても言わない為、父親に援軍《えんぐん》を送る為という名目を立ててはいるし、戦力を増強しようという目的が有るのも事実ではあるが、その本質は間違《まちが》いなく逃亡《とうぼう》に近い。

そして、跡継ぎであるマリオを王都へと逃がした結果、テルミスの街は甚大《じんだい》な被害を受ける事となった。

（マリオ・ロマーヌという世継ぎを奪《うば》われた挙句、ロマーヌ子爵家の経済を担っていたテルミスの街を破壊《はかい》されていたとなれば、子爵が御子柴亮真という男を心底憎むのも当然だろうな）

もっとも、テルミスの街の話は、ロマーヌ子爵家にとってあまりにも大きな不名誉《ふめいよ》。

何しろ、領民を守らずに跡継《あとつ》ぎであるマリオを逃がしたとなると、外聞があまりに悪すぎる。余程《よほど》幼少でもない限り、跡継ぎは領地の防衛の為に、陣頭指揮《じんとうしき》を執《と》るのが普通《ふつう》だ。

実際、他の貴族家でロマーヌ子爵家の様に、サッサと跡継ぎを王都へ逃がした家は存在していない。

それも偏《ひとえ》に、側室が産んだマリオ・ロマーヌという男が、ロマーヌ子爵にとって何よりも大事だったという証だろう。

（だが、そこまでして守ろうとした息子《むすこ》は無残な死を遂《と》げ、経済的にも心理的にもロマーヌ子爵は追い詰《つ》められてしまった……まぁ、多少は気の毒に思わなくもないか……）

だから、レナードはロマーヌ子爵に助け舟《ぶね》を出す。

「ロマーヌ子爵家の苦境は分かって居ます……同じローゼリア王国に仕える貴族として、その胸中は察するに余りある。ましてや、貴族院は元より、ラディーネ陛下もあの男の威勢《いせい》の前に腰砕《こしくだ》けとなれば、猶《なお》の事《こと》……。貴族家としての権益や名誉を守る事は、この王国の秩序《ちつじょ》を維持《いじ》するという意味で、必要不可欠である筈なのに……ね。だから、この現状を何とかしませんか？」

「それは……」

レナードの言葉にロマーヌ子爵は言葉を詰まらせる。

「確かに、貴族院も動かない現状では、ロマーヌ子爵家としても動けないというのは致し方ない判断かも知れません。貴族家としては家の存続こそが最も重要ですから。しかし、それではマリオ殿があまりに御気《おき》の毒《どく》ではないでしょうか？」

それは正論と言う名の毒。

その言葉に、ロマーヌ子爵は顔を引き攣らせた。

握《し》り締めた両の拳《こぶし》は、細かく震えている。

「それに、あなたご自身が納得出来ていないのでしょう？」

そして、毒は更に注がれる。

その言葉に、ロマーヌ子爵は顔を歪《ゆが》ませた。

その顔に浮かぶのは怒《いか》りではなく、罪悪感だろうか。

そんなロマーヌ子爵の反応に、レナードはほんの少しロマーヌ子爵という人間に対しての評価を修正する。

（どうやら、ロマーヌ子爵という人間は、息子であるマリオに対して、良い父親でありたいと本気で思っているらしい……北部征伐で戦死したという正妻との間に生まれた嫡男《ちゃくなん》に対しては、それほど嘆《なげ》き悲《かな》しんだという話は聞かなかったので、自分の子供に対しても冷淡《れいたん》なのかと思っていたが、少しばかり違った様だな……まぁ、それはそれで、嫡男に対しての扱《あつか》いを考えれば、人の親としては屑《くず》だとも思うが……）

多くの場合、正妻との婚姻《こんいん》は貴族にとって家同士の関係を維持するという政略的な意味合いが強く、恋愛結婚《れんあいけっこん》などはまずありえない。

勿論、初めは政略結婚《せいりゃくけっこん》であっても、共に生活していくうちに愛情が芽生えて、仲睦《なかむつ》まじい夫婦になる場合も多いのだが、中には性格や相性《あいしょう》などの理由から、仮面夫婦になってしまう場合も多いのだ。

そして、そういう仮面夫婦の多くは離婚《りこん》という選択肢《せんたくし》を選ばず、家庭内別居の様な形を選ぶ事が多いのだ。

（流石に正式な離婚となれば外聞が悪いし、家同士の関係にも罅《ひび》が入るだろうからな。だから、跡継ぎが生まれた後は、互《たが》いに愛人を作る事が多い訳だ……）

そして、彼等《かれ》は愛人や側室という形で、自らが選んだ伴侶《はんりょ》を傍《そば》に置くことになった結果、異母兄弟や異父兄弟が大量に産まれてしまう訳だ。

レナード自身は幸いな事に妻と円満な家庭を築いているので、特に側室や愛人を囲おうとは思ってはいない。

子宝にも恵《めぐ》まれているので、家臣や親戚《しんせき》も側室を作れと五月蠅《うるさ》く言う事もないのだ。

とは言え、貴族社会の常識として、そう言った貴族家がある事は知っているし、それも致し方のない事だと理解もしていた。

そう言う意味では、ロマーヌ子爵も一人の父親として、マリオを愛してはいたのだ。

とは言え、結果から見たところ、ロマーヌ子爵の抱《だ》く理想的な父親像というのは、かなり歪んだ物なのは事実だろう。

本気で息子を育てようと思えば、ロマーヌ子爵の教育方針はまさに最悪だ。

野放図な自由を与え、どんな非道を行っても庇《かば》ってやるというのは、本人にとっても良い事にはならない。

親の庇護《ひご》は何時か必ずなくなってしまう物だし、今回のマリオの様に、意図せずに虎《とら》の尾《お》を踏《ふ》んで致命傷《ちめいしょう》を負う事も考えられるのだから。

もし本気で、ロマーヌ子爵が息子であるマリオを愛しているのであれば、時に厳しく叱責《しっせき》するべきだろうし、場合によっては拳に訴《うった》えてでも矯正《きょうせい》するべきだったと言えるだろう。

（そうすれば、あんな死にざまを晒《さら》す事も無かっただろうに……）

それは、まともな親ならば誰もが思う事だろう。

暴力を使う事を前提とした教育方針は確かに間違っているかもしれない。

だが、話し合いをすれば全てが解決出来ると妄信《もうしん》するのは、単なる御伽噺《おとぎばなし》以下の空想だろう。

大切なのは、適切な手段の選択であり、暴力を絶対悪として排除《はいじょ》する事ではないのだ。

（まぁ、とは言えそれを行うには、親がまともであるという前提条件があるのも確か……子を導くべき親がこんな人間では、それも不可能だっただろうが……ね）

ローゼリア貴族としてはあながち間違った教育方針ではなかったかもしれないが、人間としては屑というのがレナードの正直な感想だ。

（とは言え、平民を踏みにじってもなんの痛痒《つうよう》も感じない人間が、復讐が出来ない無力さから自分の息子に対しては罪悪感を抱くというのだから、人間とは実に面白いと同時に不思議な存在だと言える……な）

詩人としての優《すぐ》れた感性から、レナードはこの世の無常さを感じ取っていた。

とは言え、レナードとしてはロマーヌ子爵を嗤ってばかりも居られないというのが本音だろうか。

だからレナードは、更なる楔《くさび》をロマーヌ子爵の心に打ち込んでいく。

「その目の血走り具合から見て……相当に酒浸《さけびた》りの生活を送られている様だが、胸の内に溜《た》まっている不満を酒で誤魔化《ごまか》しているのでは？　何も出来ない無力感に苛《さいな》まれながらね」

「そんな事は……ない……」

ロマーヌ子爵はレナードの問いを否定した。

だが、その言葉には力がない。

ロマーヌ子爵自身、自分の言葉を本心から信じていないのは明らかだった。

（心が揺《ゆ》らいできたか……では、仕上げに掛かるとしよう）

長年王宮で勢力を保持してきたレナードにとって、人の感情の機微《きび》を見極《みきわ》め、操《あやつ》るというのはお手の物。

ましてや、ロマーヌ子爵の様な典型的とも言える貴族の心など、レナードにとっては手に取る様に見透《みす》かす事が出来る。

「本当に？　もし本心からそうお思いなのであれば、私ももう、何も申しませんが……そう、息子さんにも胸を張って伝える事が出来ますかね？」

レナードの問いは、ロマーヌ子爵が酒に逃げる原因を見事に指摘《してき》していた。

しかし、それを認めてしまう事に、ロマーヌ子爵は抵抗を感じる。

そして、猜疑心《さいぎしん》の籠った暗い視線をレナードに向けた。

「貴殿《きでん》はいったい何故《なぜ》私にそんな話をする？」

それは、ロマーヌ子爵にとっての精いっぱいの抵抗。

だが、そんなロマーヌ子爵をレナードは平然と答えて見せた。

「何……この国に生きる貴族としての矜持《きょうじ》を守りたいと思うだけの事ですよ」

「矜持だと？」

「ええ、このローゼリア王国という国を長年支えてきた我々貴族としての矜持です」

ロマーヌ子爵はその言葉を、青臭《あおくさ》い戯言《たわごと》だと笑い飛ばす事が出来なかった。

勿論、普段《ふだん》のロマーヌ子爵であれば単に笑い飛ばすだけではなく、相手の誇りや自尊心をズタズタにするような侮蔑《ぶべつ》の言葉で嘲笑《ちょうしょう》した事だろう。

だが、レナード・オルグレンという人間の放った言葉に秘《ひ》められた熱量が、そんな嘲笑を完全に押《お》し込めてしまう。

「だが……その矜持とやらの為《ため》に、何が出来る？　貴族院も陛下もあの男の言いなりだ。貴族達ですら、口ではお気の毒と言いながらも、我《わ》が家《や》と距離《きょり》を取ろうとしている！　こんな状況で何が出来るというのだ？」

ロマーヌ子爵の口から、搾《しぼ》り出す様な声が零れる。

とは言え、それは当然の疑問と言えるだろう。

「そもそも、オルグレン子爵は、平民達が今回の一件を、どのように噂していているかを知っているのか？」

「ええ、凡《およ》そのところは……」

「ならば分かって居るだろう？　あの男は悪意を以《もっ》て意図的に事実を捻《ね》じ曲げているのだ……あの成り上がりめ……いったい何の恨《うら》みがあって、これほどまでに我が家を呪うのだ！」

今やロマーヌ子爵家は、王都の平民達の間で嘲笑の的になっている。

マリオの所業は元より、彼が率いていた衛兵部隊の今まで犯《おか》してきた所業もまことしやかに囁かれているのだ。

勿論、その全てが真実という訳ではない。

ただ、その大部分は多少の誇張《こちょう》があったにせよ事実であるし、噂をする平民にしてみれば、その内容が事実であるかどうかなど、あまり関係はないのだ。

平民達にすれば、今迄《いまでい》威張《ば》り腐《くさ》ってきた貴族が、御子柴亮真という英雄《えいゆう》の出現によって痛い目を見たという事実だけが重要であり、他の事実はそれほど重視などしていない。

正直、平民達にしてみれば、マリオが戦場帰りの戦士も顔を背《そむ》ける程《ほど》に惨《むご》い死に様を晒した事実などには興味はないし、大半の平民達はその事実すらも知らないだろう。

（いや、仮に事実を知ったところで、情勢は変わらないだろうな……）

平民にしてみれば、普段から抱いている不満をぶつける格好のネタでしかないのだから。

その時、レナードの脳裏《のうり》に、昔読んだ御伽噺が浮かぶ。

それは、ローゼリア王国に古くから伝わる御伽噺の一つ。

内容は、悪の魔王《まおう》が英雄に討《う》たれるという英雄譚《えいゆうたん》だ。

それだけ聞けば、何処《どこ》にでもある使い古された設定の御伽噺で済むだろう。

だが、この御伽噺は普通ではないのだ。

この御伽噺に登場する英雄は、強大な魔力《まりょく》を誇る魔王を倒《たお》す為の手段として、その妻の寝所《しんじょ》に忍《しの》び込んで手籠《てご》めにした上、その事実を盾《たて》に、夫の力の源であった何でも切り裂く事の出来る魔剣《まけん》を盗《ぬす》み出させるという奇策《きさく》を用いた。

そして、我が身《み》が汚《よご》された事を詫《わ》びる妻と、嘆き悲しむ妻を慰《なぐさ》める為に抱き寄せた魔王を、一刀の下に切り伏《ふ》せ討ち取っているという展開だ。

勿論、そんな強大な力を持つ魔王の妻を、幾《いく》ら英雄とは言えただの人間が襲《おそ》う事が出来たというのは変だし、どうやって魔王の妻に近づいたのかという疑問も出てくるだろう。

そもそも、それほどの力を誇る剣《けん》が存在していたとして、剣の力を失った魔王がそこまで弱体化するとは考えにくい。

(如何《いか》に魔剣といえども武器は武器。所詮《しょせん》道具でしかないからな……)

騎士としても並々ならぬ力量を誇るレナードにはその事が身に沁《し》みて分かって居る。

まぁ、御伽噺に良くあるご都合主義と言えば、そうなのだろう。

ただ、レナードはその原典と呼ばれる書籍《しょせき》を読んだ時、そう言う作品の設定に対しての違和《いわ》感《かん》よりも、この英雄のあまりに卑怯《ひきょう》な振る舞いに強い嫌悪《けんお》感《かん》を抱いたのを今でも強く覚えていた。

それはそうだろう。

如何に正義を果たす為とはいえ、その手段が非道に過ぎるのだから。

だが、今の王都で語られる英雄譚には、原典に書かれていた問題の記述は削除《さくじょ》され、なかった事になっている。

恐らく、長い年月の間、多くの人が読み聞かせているうちに、英雄として相応《ふさわ》しくない記述を削除したのだ。

結局、人は不都合な事実を無視し、見たい物だけを見るという事の典型と言えるだろう。

だから、今回もまたそれと同じだ。

ロマーヌ子爵家という絶対悪を倒す為なら、英雄である御子柴亮真がどんな非道な手段を選んだとしても、民衆は喝采《かっさい》を贈るだろう。

その非道な手段の結果、自らと家族に火の粉が降りかからない限り。

そして、その事をロマーヌ子爵も理解している。

だからこそ、怒りと不満の炎を燻らせていても、具体的な報復に出ないのだ。

「もう一度聞こう……この状況で貴公に何が出来るのだ？」

それは、的確な状況認識《じょうきょうにんしき》。

少なくとも、ロマーヌ子爵という人間は、人間的には傲慢で怠惰な屑であったとしても、無能ではないらしい。

だから、レナードは伏せていた最後の手札を切る。

「そうですね……確かに、我がオルグレン家が助力したところで、状況をひっくり返す事は難しいでしょう……ですが……」

「ですが？　何だ、勿体《もったい》ぶるな！」

レナードの含《ふく》みを持たせた言葉に、ロマーヌ子爵は遂《つい》に体裁《ていさい》を取り繕《つくろ》う事を止めて怒鳴り声を上げた。

そして、そんなロマーヌ子爵にレナードは平然と嘯く。

「一家で出来ないのであれば、貴族院全体を動かせばよいだけの事。圧倒的《あっとうてき》な軍事力の前に口をつぐんではいますが、御子柴大公家へ不満を抱いている家は多いですからね」

「馬鹿な……貴族院が今更《いまさら》動く訳が……」

そう言って吐き捨てる様に呟《つぶや》くロマーヌ子爵。

ただその認識《にんしき》は正しいだろう。

もしレナードの言葉通り、貴族院が動くのであれば、マリオが殺害された知らせを受けた段階で、御子柴亮真を捕縛《ほばく》していた筈なのだ。

少なくとも事情聴取《じじょうちょうしゅ》という名目で、数日は拘束《こうそく》しただろう。

何しろ、ローゼリア王国の国法上も、貴族が被疑者《ひぎしゃ》である場合は、貴族院の許可の下という条件付きではあるが、数日間の拘束が可能であると記載されているのだから。

だが、現実は往々にして法律という枠組《わくぐ》みから逸脱《いつだつ》しやすい。

特に相手が、権力者である場合は、その例外が適用されやすい事もまた事実。

そして、そんなロマーヌ子爵へレナードは救いの手を差し伸べる。

「ええ、普通ならば無理でしょう……ですが、あの方々が動けば不可能も可能となります」

「あの方々？」

その問いにレナードは冷たい笑《え》みを浮かべて答える。

「シャーロット・ハルシオン、ベティーナ・アイゼンバッハ……そしてディアナ・ハミルトンとその御友人達《ごゆうじんたち》です」

「お嬢様《じょうさま》方がですか？　それは本当なのでしょうな？」

レナードの言葉に、ロマーヌ子爵は身を乗り出して尋《たず》ねる。

貴族派に属していたロマーヌ子爵にとって、ハルシオン侯爵家《こうしゃくけ》を始めとした上位貴《き》族達《ぞくたち》は、臣従とは言わなくとも、寄り親と寄り子の様な上下関係を結んできた。

しかし、北部征伐以降、貴族派は目に見える形で衰退《すいたい》している。

貴族家自体が、度重《たびかさ》なる戦費によって経済的に困窮《こんきゅう》している上に、家臣として仕えていた騎《き》士達《したち》の多くが戦死する羽目になったからだ。

しかし、如何に衰退したとはいえ、貴族派はローゼリア王国に於《お》いて隠然《いんぜん》たる勢力を誇ってきた巨大《きょだい》な集団。

時には国王ですらも操る事の出来る彼等が本気を出せば、黒を白に染める事すらも可能になるのだから。

そう考えた時、ロマーヌ子爵からすれば、この苦境を切り抜ける逆転の一手に見えるのは当然の事だ。

そして、そんなロマーヌ子爵の問いに、レナードは悠然《ゆうぜん》と頷いて見せる。

「ええ……既《すで》に布石は打っております。ラディーネ陛下へも、シャーロット様からお話しされた上で、ご承認《しょうにん》いただく手筈《てはず》ですので」

その言葉に、ロマーヌ子爵は返す言葉を失う。

「如何《いかが》です……それでもまだ、躊躇われますか？」

そして、徐々に状況を理解したロマーヌ子爵の顔に、欲望と憎悪《ぞうお》の色が浮かぶ。

「成程……御膳《おぜん》立《だ》ては既に済んでいるという事なのですな……これで、あの目障りな男をこの世から消し去る事が出来る。これで我が国《くに》は過去の栄光を、貴族達が繁栄《はんえい》を謳歌《おうか》していた時代を取り戻《もど》す事が出来る！」

そして、そんなロマーヌ子爵に対してレナードは笑みを浮かべて頷いた。

「ええ……そうですね。王国の未来は約束された様な物ですよ……」

それは、ロマーヌ子爵に聞こえないくらいの小さな声。

だから、思いがけない提案に喜びが隠《かく》せないロマーヌ子爵は気が付かなかったのだ。

レナードが自分へ向ける視線の奥底に隠された、刃《やいば》の様な煌めきに。

第三章　王国の旗の下に

レナード・オルグレンがロマーヌ子爵邸を訪れてから、数日が経《た》った。

時刻は正午頃《ごろ》だろうか。

天空には太陽が鎮座《ちんざ》し、暖かな陽光を大地へと降り注いでいる。

そのおかげか、王都の中心地であるこの広場も、人の波が押し寄せ活気に満ち溢《あふ》れていた。

そんな王都の広場に数人の騎士達がやってくる。

そして彼等は、かねてより準備されていた壇上《だんじょう》に上ると、高らかに宣言した。

「聞け！　王都の民よ！　今日より七日後、貴族院は御子柴《みこしば》大公家当主に対して、ロマーヌ子爵家子息、マリオ・ロマーヌの死に関しての審問《しんもん》を行う！　これは、国王ラディーネ・ローゼリアヌスの名の下行われる。この審問の結果下る結果には如何なる異議も認められる事は無い。これにより、我が王国の正義が示《わた》される事となるだろう！」

その宣言は、朗々と響《ひび》き渡り大気を駆《か》け抜けて多くの人々の耳へと届いた。

武法術で強化しているのだろう。

そして、騎士達は高札を天高く掲げた。

そんな騎士達に対して、向けられる民衆の目は好奇《こうき》と猜疑心。そして、若干《じゃっかん》の失望だろうか。

多くの人々が高札の前で足を止め、しばらく眺《なが》めた後、足早にその場から立ち去っていく。

彼等の胸中は今更語るまでもないだろう。

貴族達の非道を止めた英雄と言われる御子柴亮真《りょうま》に対して行われる審問なのだから。

一度は見えかけた夜明けが、瞬《また》く間《ま》に闇夜《やみよ》に変わったようなものだろうか。

そんな中、大通りから一本脇《わき》に逸《そ》れた路地に馬車を停めていたロマーヌ子爵は、騎士達の宣言と掲げられた高札と、それを目にした民衆の反応を見届け、ほくそ笑んでいた。

その顔には嘲笑と自らの勝利を確信した人間が持つ傲慢が浮かんでいる。

「まさか、本当にこのような日が来るとはな……最初、あの男からこの話を持ち掛《か》けられた時は、何かの罠《わな》かとも思ったが……こうして王都中へ宣言がなされればもう、疑いようがないだろう……」

少なくとも貴族院で御子柴亮真への審問が行われる事は確定事項《かくていじこう》。

この段階から、審問を取りやめるという事はまずない。

何しろ、高札を掲げて王都の民に宣言したのだ。

それは言うなれば、御子柴大公家に疑義が生じたと、ローゼリア王国が国民に対して宣言したに等しいし、もし取り止《や》めようとすれば、それは貴族院のみならず、ローゼリア王国と言う国の体面をも傷付ける事になるだろう。

（それは、新たな国王として即位《そくい》したラディーネ女王にも痛手だ。マクマスターやエレナもそんな愚策《ぐさく》を止めないとは思えないな）

何か、明確な狙《ねら》いでもあれば話は別かもしれないが、ロマーヌ子爵が調べた限り、その兆候が微塵《みじん》もないのだ。

そして、あの夜にオルグレン子爵が語った話の通りに事態が推移している現実を見た以上、全ては真実であると判断するしかない。

（しかし……まさかあの男に、あんな一面があるとはな……王家への忠義だの、貴族の義務だのと、奇麗《きれい》ごとを並べ立てる小面憎《こづらにく》い男だと思っていたが……）

御者《ぎょしゃ》に命じて、南にある高札場へと向かう様に命じたロマーヌ子爵の脳裏に、オルグレン子爵との会話が思《おも》い浮かんでいた。

ロマーヌ子爵にとって、レナード・オルグレン子爵という人物は、あまり好ましい人間ではなかった。

いや、好ましくないというよりは、嫌っていたという方が正しいだろう。

オルグレン子爵の容姿は一言で言えば美中年。

端整《たんせい》な顔立ちに均整の取れた体格。

それだけでも貴族階級の淑女達《しゅくじょたち》からは羨望《せんぼう》の眼差《まなざ》しを向けられる。

しかも、武人としても並々ならぬ腕前《うでまえ》を誇り、書画音曲に至るまであらゆる芸事に精通する才人だ。

それだけでも、世の男性からはやっかみを向けられる資格が有るのだが、それだけであればまだ、ロマーヌ子爵としても我慢《がまん》の仕様があったかもしれない。

（だが……あの私を見るあの目……あの目だけは……どうにも我慢が出来なかった……）

それはロマーヌ子爵《ししやく》の単なる被害妄想《ひがいもうそう》。

少なくとも、オルグレン子爵から、明確に侮辱《ぶじよく》された事など無いのだ。

いや、今迄碌《いままでろく》に口をきいた事すらも記憶《きおく》にないくらいなのだ。

精々が、夜会などで顔を合わせた際に、社交辞令として一言二言挨拶を交《か》わす程度の間柄《あいだがら》だろう。

しかし、その短い接点の中で、ロマーヌ子爵はオルグレン子爵が自分へ向ける視線の中に、侮蔑と嫌悪が入り混じっている事を敏感《びんかん》に察していた。

（あの目……あの青く澄《す》んだ瞳《ひとみ》はまるで、氷の様に冷たく刃の様に鋭《するど》い……）

そして、ロマーヌ子爵に向けられるその瞳はまるで、お前は権力闘争《けんりよくとうそう》に明け暮れ、貴族としての責任と義務を果たさない人間の屑であり、為政者《いせいしや》として失格だと告げていた。

勿論《もちろん》、それはあくまでもロマーヌ子爵がそう感じたというだけの話。

しかし、ロマーヌ子爵はそんなオルグレン子爵の目を心底憎《にく》んだものだ。

とは言え、先日の会談でオルグレン子爵から事情を聞き、そんな嫌悪感は綺麗《きれい》さっぱりと消え去ってしまった。

清廉潔白《せいれんけつぱく》にして忠義者の仮面をかぶっていたオルグレン子爵も、一皮剥《ひとかわむ》けば自分と同じ俗物《ぞくぶつ》なのだと理解したからだろう。

（確かにマクマスター子爵が、ラディーネ女王に見いだされ、宰相《さいしよう》になった上、近々伯爵《はくしやく》に陞《しよう》

爵《しゃく》するらしいからな。それに比べ、オルグレン子爵家には何の沙汰《さた》も無いとなれば、確かに不満を抱くのは当然だろう……な）

以前、オルグレン子爵が、御子柴亮真が主宰《しゅさい》した夜会に出席していた事はロマーヌ子爵も耳にしていた。

何しろローゼリア王国のみならず、西方大陸や他の大陸から取り寄せたという様々な名産品を用いた料理を並べた豪勢《ごうせい》な夜会だったのだ。

敵対勢力として参加はしていなくとも、そう言った情報は直《す》ぐに耳に入る。

当然、マクマスター子爵家と縁《えん》の深いオルグレン子爵家の参加も知っていた。

そして、マクマスター子爵が王国宰相に就任した今、オルグレン子爵家もラディーネ女王側に付くと考えるのが自然と言えるだろう。

だが、今のオルグレン子爵家は、以前と何も変わらない。

勿論、以前に比べて地位が下がった訳ではない。

だが、上がった訳でもない。

多くの貴族家が没落《ぼつらく》寸前である事を考えれば、決して悪い状況ではないのだが、不満を抱かないとは言えない状態。

縁戚関係《えんせきかんけい》であるマクマスター子爵の大抜擢《だいばってき》に比べて、確かに今一つパッとしない扱いなのは確かだ。

（そして、その不満の理由は偏に、自分を重く用いようとしない、あの成り上がり者へと向け

られていると言う訳だ）

確かにこんな扱いでは、不満を感じるなという方が無理だろう。

そしてロマーヌ子爵は、オルグレン子爵に対して親近感の様な物を感じ始めている。

とは言え、ロマーヌ子爵とて、魑魅魍魎《ちみもうりょう》の巣食う王宮で生き残ってきた人間。

その程度の事で、完全にオルグレン子爵を信用した訳ではない。

情報の裏取りには余念がなかった。

（やはり、こちらでも公布しているか……これほど大々的に布告すれば、今更審問《いまさらしんもん》を取り止める事は無いな。そして、貴族院が好き好んで、あの成り上がり者の肩を持つ事も有り得無い……つまり、審問の結果は既に見えているという事だ……）

南の高札場でも先程《さきほど》と同じ様に騎士《きし》が公布している姿を確認《かくにん》し、ロマーヌ子爵は満足げに頷《うなず》いた。

何しろ、御子柴亮真という男は嘗《かつ》て、貴族院の審問に於いて、当時の貴族院院長とその部下達を殺めて、王都から逃亡したという前歴がある。

勿論、この話は先日行われた王都攻城戦《こうじょうせん》が御子柴亮真の勝利に終わった事により、英雄を陥《おとしい》れようと画策した近隣諸国《きんりんしょこく》の謀略《ぼうりゃく》に嵌《はま》った貴族院の失策という事で処理されている話だ。

何しろ、ラディーネ女王の判断の下、御子柴亮真には何の責任もないという事になっているので、貴族達も表立っては不満を言えない状態だったのだから。

とは言え、配慮《はいりょ》されているのは御子柴亮真だけではないのだ。

策謀《さくぼう》に踊《おど》らされた結果、御子柴亮真という英雄を断罪しようとしたハルシオン侯爵達《こうしゃくたち》の罪は、その死を以て償《つぐな》ったとされ、家門に影響《えいきょう》が出ないように配慮されている。

存在しない第三国の存在を仄《ほの》めかす事で、御子柴亮真を完全に被害者《ひがいしゃ》にはせず、貴族院側も加害者として断罪しなかった訳だ。

様々な政治的配慮の結果下された、玉虫色の判断といった所だろうか。

ただ、政治的には双方《そうほう》痛み分けの様な状態で処理されていたとしても、父親を殺されたシャーロット・ハルシオン達の恨みは募《つの》るのだろう。

(彼女達《かのじょたち》は父親の無念を晴らす為に、復讐《ふくしゅう》の機会を虎視《こし》眈々《たんたん》と狙っていたのだろうな……ラディーネ女王に近づき、信頼《しんらい》を得る事で……そして、マリオの一件を好機と見て一気に動き出したのだろう)

それは、ロマーヌ子爵にとって、予想外の展開ではあった。

しかし同時に、最愛の息子であるマリオを奪われたロマーヌ子爵にしてみれば、極《きわ》めて自然な展開とも言えた。

少なくとも、ロマーヌ子爵が確かめた一連の流れの中で、不自然なところはない。

(貴族院は元々ハルシオン侯爵家の影響力《えいきょうりょく》が強い。その令嬢《れいじょう》であるシャーロット・ハルシオンなら、今の貴族院院長にも顔が利《き》く。今回の様に審問を開く事も可能だ)

それはつまり、貴族院が被害者である貴族達に加担すると表明するという事に他ならない。

今迄《いままで》、御子柴亮真の軍事力に泣き寝入《ねい》りをしてきた他の貴族家も、必ずやロマーヌ子爵家に追従するだろう。

（当然だ。肉親を殺されて、そう簡単にその恨みを忘れられる訳が無い……）

それに、機会さえあれば、何時《いつ》でも貴族院に圧力を掛け、審問をやり直す事が出来るだろうし、場合によっては審問ではなく裁判にまで持ち込《こ》めるかもしれない。

結局、法律とは使い手の力量次第《りきりょうしだい》で、聖人君主でも罪人に陥れる事が出来るし、逆に悪逆非道な人間でも無罪にする事が出来るのだから。

（そうなれば、あの男を追い詰める事が出来る……家名を断絶させる事は出来なくとも、権勢を奪い、割譲《かつじょう》した北部一帯を取り戻す事も出来るかもしれない）

今のところは誰《だれ》もその事を咎《とが》め立てていないが、一度恨《ひとたびうら》みの火が付けば、御子柴亮真の覇道《はどう》によって踏みにじられてきた貴族達の多くが、怒りの声を上げる事だろう。

そして、ラディーネ女王はその声に抗う事が出来ない。

（いや、もし仮に我々の願いを無下にする様な事をするのであれば、その時は……）

それは、ローゼリア王国に仕える臣下として、決してあり得ない選択《せんたく》であり野望。

しかし、ロマーヌ子爵は確信していた。

七日後に開かれる審問の結果、再びローゼリア王国の貴族達が、権勢を謳歌する時代が到来《とうらい》する事を。

そして、運命の七日後がやってくる。

天気は生憎《あいにく》の雨。

数日前の快晴が嘘《うそ》の様などんよりとした空には、灰色の雲が厚く立ち込めている。

普通の人間であれば、外出するのを避《さ》けたくなるような日だ。

いや、大地世界《アース》に暮らす大半の人間にとって、雨の日というのは、畑仕事にも建築にも商売にも適さない最悪な日であり、数少ない休日でもある。

何しろ、雨の中で畑仕事は不可能だし、建築関係の仕事もまず無理だ。

人が外出したがらないから、大通りに立ち並ぶ露天商《ろてんしょう》も店を開けない。

開けたところで客は来ないのだから意味が無いし、店が開いていないから客も外出しようとはしなくなる。

まさに、需要《じゅよう》と供給といった所だろうか。

しかし、世の中にはそんな雨の中でも外出しなければならない気の毒な人間というのが一定《いっせい》数は居《い》るのだ。

その最たる人間が、街の治安を司《つかさど》る衛兵達。

彼等は雨であれ、嵐《あらし》であれ関係なく決められた時刻に決められた道順で巡回《じゅんかい》を行う。

だが、今日だけはそんな衛兵以上に不幸な職業に就《つ》いている人間達が存在していた。

そんな日にも拘《かか》わらず、王城の一郭に聳《そび》える貴族院の門の前には、入館待ちの馬車が列を成している。

（ご苦労な事だな……）

貴族院の中央に聳える司法の城。

その三階に設けられた貴賓室《きひんしつ》の窓から眼下を見下ろしながら、御子柴亮真は唇《くちびる》を吊《つ》り上げて嗤った。

彼等の目的は様々だ。

御子柴大公家の凋落《ちょうらく》を目にしようと、勢《いきお》い込んでやってくる者。

ローゼリア王国という国の新たな門出《かどで》の日を祝福にやって来る者。

しかし、共通点もある。

それは、彼等は立場や目的こそ違《ちが》えども、御子柴亮真という男の描《えが》いた絵に操られているという点だ。

(まぁ、正確に言えば、俺《おれ》だけが描いた絵ではないがね……少なくともあの連中達が居なければ、これほど手際《てぎわ》よく進める事は出来なかっただろうからな)

亮真は言うなれば、企画立案《きかくりつあん》を行ったプロデューサーの様なものだろうか。

それに対して、亮真の指示に従って様々な御膳立てをした人間達が居るのは当然だろう。

(まぁ、後で恩賞を弾《はず》んでやるべきだろうな……とは言え、最後《さいご》まで連中が裏切らなければという但《ただ》し書きが付くが……ね)

勿論、裏切りの可能性を本気で考えている訳ではない。

伊賀崎衆には、彼等の身辺を調査する様に命じているし、警護役という名目で監視《かんし》を付けても居るのだ。

九分九厘《くぶくりん》まで、彼等が裏切る可能性はないと言い切って良い。

とは言え、物事に絶対が無いのもまた事実。

極端《きょくたん》な話、大地世界に召喚《しょうかん》されて以来、共に死線を潜《くぐ》り抜《ぬ》けてきたローラやサーラですらも、亮真を絶対に裏切らないとは言えないのだ。

とは言え、もし万に一つの可能性でそんな事態に陥《おちい》ったとしても、亮真が二人を恨む事はないだろう。

人を信じるという行為《こうい》は本来、仮に裏切られたとしても恨みに思わない覚悟《かくご》を持つ人間だけがするべきなのだから。

そして、そこまでの覚悟を以て信じられる人間というのは、極めて限られるのが普通だ。

(ローラにサーラ……後は、リオネさんやエレナさんくらいまでかな……)

勿論、ベルグストン伯爵を筆頭に、亮真にはマルフィスト姉妹《しまい》の他にも、心から信じられる家臣や仲間達が居る。

しかし、裏切られた際に、相手を恨まないでいられるかと問われると、躊躇《ちゅうちょ》してしまうというのが本音だろう。

人を信じるというのはそれほどまでに難しいのだ。

ましてや、今回行われる一連の策謀に因《よ》って、新たに亮真へ忠誠を誓う事となった人材達を、今の段階で何の保険も掛けずに用いるなど、大胆《だいたん》や大器という言葉を通り越《こ》して、ただの愚《おろ》か者《もの》でしかない。

数多《あまた》の領民や家臣を従える支配者として、あまりにも無責任な態度と言える。

ただその一方で、他人を信用出来ないというのも問題だ。

そう言う意味からすれば、今回の一件はまさに、彼等にとっての試金石。

言うなれば、新しく社員を採用する為の入社試験の様な物だろうか。

そんな事を考えていると、不意に扉《とびら》をノックする音が響く。

「失礼します。お時間になりました」

「分かった……今行く」

ローラの声に亮真が答える。

そして、姿見の前に立つと、亮真は満足げに頷いて見せた。

そこに映るのは、貴族服を身に着け、髪《かみ》をオールバックに固めた覇王《はおう》の姿だ。

「さて……それでは行くとしますか」

そう小さく呟くと、亮真は部屋を後にした。

「さて、伊賀崎衆は?」

部屋から議事堂へと続く通路を進みながら、亮真は背後に付き従う双子《ふたご》の姉妹へと尋ねる。

「はい、咲夜《さくや》様が配置についております。全てはご指示通りに……」

ローラの言葉に亮真は軽く頷いた。

そして、もう一つの懸念材料《けねんざいりょう》に関して確認を行う。

「シャーロットさん達も問題はないかな?」

「既に議事堂の方へご到着《とうちゃく》されております」

今度はサーラが亮真の問いに答えた。

どうやら、亮真の知りたい情報は完璧《かんぺき》に確認してあったらしい。

まさに以心伝心。

長い付き合いだけあると言ったところだろうか。

そんな双子に対して、亮真は冷たい笑みを浮《う》かべて嗤《わら》う。

「そうか……なら後は、仕上げをするだけだな」

それは、罠にかかった獲物《えもの》を見る狩人《かりゅうど》の目だ。

そしてそんな主人に対して、双子は小さく頷いて見せる。

やがて、亮真達の前に、荘厳《そうごん》な彫刻《ちょうこく》の施《ほどこ》された木製の扉が姿を現した。

扉の左右には、完全武装の衛兵が鎮座し、亮真達に対して敬礼をする。

そんな衛兵達に対して亮真は軽く手で応え、扉を開くように命じた。

「御子柴大公閣下のご入場です！」

扉の脇に待機していた侍従《じじゅう》の一人が、亮真の入場を告げる。

その瞬間《しゅんかん》、喧騒《けんそう》に包まれていた議事堂の中に静寂《せいじゃく》が訪《おとず》れた。

そして、列席する貴族達の視線を一身に受けながら、御子柴亮真はゆっくりと中へと足を進めた。

（随分《ずいぶん》と恨まれたものだな……まぁ、大分殺したから当然と言えば当然か……）

怒りと憎しみの籠《こも》った暗い視線を向けられ、亮真は思わず苦笑いを浮かべる。

北部征伐《せいばつ》から、王都攻防戦《こうぼうせん》に至るまでの間、御子柴亮真は敵対する貴族達に対して、苛烈《かれつ》と言える攻撃《こうげき》を繰《く》り返し行った。

それはあくまでも御子柴亮真とその仲間達が生き残る為のやむを得ない選択だったのだが、その結果として、無数の貴族達の屍《しかばね》が曝《さら》されたのは事実だろう。

親を、子を、従妹《いとこ》を、友人をこの場に居る誰もが、何かしらの形で大切な人間をうしなったのだ。

その元凶《げんきょう》である御子柴亮真を恨むのは当然と言えるだろう。

たとえその恨みに道理が無いと分かっていたとしても。

そして彼等は待ち望んでいるのだ。

御子柴亮真という男が、ラディーネによって断罪される光景を。

（まぁ、残念ながらそうはならないんだがね……）

勿論、観客の期待に沿えないというのは、亮真としても実に心苦しい。

しかし、演出家としては観客の期待に沿うばかりでは面白《おもしろ》みがないだろう。

（とは言え、彼らの期待に沿った事なんて、今まで一度もない……か）

そんなことを考えながら、亮真は指定された自らの席に腰《こし》を下ろす。

その向かい側に座《すわ》るのは、今回の審問を貴族院に申請《しんせい》したロマーヌ子爵とその一門の面々。

悠然と椅子《いす》に腰かけ足を組んだ亮真に対して、ロマーヌ子爵は殺意の籠った視線を向ける。

とは言え、流石《さすが》に審問の開始を前にして、絡《から》んでくるつもりはないらしい。

もっとも、机の上に置かれた両の手が小刻みに震《ふる》えているところから察するに、ロマーヌ子爵が相当怒《いか》りを溜め込んでいるのは明らかだろう。

(まさに、頭から火が噴《ふ》き出《だ》さんばかりだな……血管が切れなきゃ良いが……)

とは言え、流石にそれを本人に伝えてやるほど、亮真もお人好《ひとよ》しではない。

睨《にら》みつけるロマーヌ子爵と、それを平然と受け流す御子柴亮真。

それだけで、両者の力関係は成り行きを見守る貴族達にハッキリと印象付けられる。

それは言うなれば、声を大にして吠《ほ》え立てる犬と、それを平然と受け流す獅子《しし》の構図にも似ていた。

勿論、ロマーヌ子爵が犬で、御子柴亮真が獅子だ。

そして、そんな不毛な冷戦は、国王であるラディーネ・ローゼリアヌスの入場を告げる侍従の声によって終わりを告げた。

ラディーネの背後には、宰相であるマクマスター子爵と、エレナ・シュタイナーの姿がある。

つまり、これから始まる一連の全ては、ローゼリア王国という国の決定であるという事を宣言していた。

「それでは皆《みな》さん、楽にしてください」

国王の入場に際して、立ち上がって頭を垂れていた貴族達に向かって、ラディーネが声を掛ける。

こうして遂に、ロマーヌ子爵が心の底から望んでいた審問が幕を開けた。

しかし、その内容はロマーヌ子爵が望んでいた展開ではなかった。

「それでは審問を始める前に、私から皆さんへお伝えしたい事案が有ります。本来であれば王宮内で伝えるべき話ですが、余り時間が有りませんので、この場をお借りしてお伝えする事にします」

徐《おもむろ》に口を開いたラディーネの言葉に、臨席している貴族達は皆、首を傾《かし》げる。

審問の開始を期待していたロマーヌ子爵の顔にも当惑《とうわく》の色が浮かんでいた。

だが、そんな周囲の疑問を他所に、ラディーネは話を進める。

「昨夜、ザルーダ王国より火急の使者が参り、オルトメア帝国《ていこく》が再侵攻《さいしんこう》を開始したとの連絡《れんらく》をうけました。敵軍は総数二十万を超《こ》える大軍との事です」

その瞬間、議事堂の中は静寂に支配された。

そして、彼等《かれら》の脳がラディーネの言葉の意味を理解した瞬間、貴族達の口から悲鳴と罵声《ばせい》が零《こぼ》れる。

「馬鹿な……二十万だと？」

「オルトメアがザルーダに攻《せ》め込んだというのか？」

「ちょっと待て……ザルーダとオルトメアは停戦中だった筈《はず》だ。それを一方的に破棄《はき》したというのか？」

「それでは、我《わ》が国は急いで援軍《えんぐん》を派遣《はけん》しなければならないのではないか？」

「馬鹿な！　今の王国にそんな兵力が有るとでも思っているのか？」

「だが、オルトメアの暴虐《ぼうぎゃく》に黙《だま》っていることは出来ない。そんな事をすれば、次は我が国に侵攻してくるのは目に見えている！」

彼等の口から次々に放たれる疑問と動揺《どうよう》。

議事堂内は喧騒の坩堝《るつぼ》と化していた。

(貴族達は、こちらの振付通りに踊ったな……まぁ、いきなりこんな話をラディーネ女王からされれば当然か……)

勿論、ラディーネ女王の言葉は全てが真実ではない。

ザルーダ王国からの使者は十日近く前に既に、オルトメア帝国の再侵攻という情報を御子柴亮真へと告げているのだから。

しかし、その真実を知る面々が口を閉ざし沈黙を守っている以上、事情を知らない貴族達にすれば、ラディーネ女王の言葉はまさに青天の霹靂《へきれき》。

貴族達が無様に狼狽するのは当然と言えるだろう。

そして、そんな貴族達の頭の中は、これから開かれる筈だった御子柴大公家への審問への興味ではなく、オルトメア帝国という脅威にどう対処するかという問いでいっぱいだった。

それはまさに、亮真とシャーロット達が描《えが》いた通りの展開。

そんな中、エレナが沈黙《ちんもく》を破る。

「静まりなさい！」

議事堂内に朗々と響くエレナの声。

そこには万軍を指揮する事の出来る武将だけが持ち得る覇気《はき》が込められている。

その圧倒的ともいえる威圧感《いあつかん》の前に、貴族達は口を閉じて押し黙った。

そして、そんな貴族達の反応を確かめたラディーネは徐に言葉を続ける。

「ザルーダ王国の危機を見過ごす事は出来ません。もし見過ごせば、オルトメアの魔《ま》の手は間《ま》違《ちが》いなく我が国へ伸《の》びてきます！」

その言葉に、貴族達の多くが深く頷いた。

実際、余程《よほど》の馬鹿でもない限り、ラディーネの言わんとする事が理解出来ない訳が無いのだ。

しかし、そんな周囲の反応を他所に、ロマーヌ子爵の顔に浮かぶのは困惑《こんわく》の色だった。

そして、そんなロマーヌ子爵に向かって、亮真は嘲笑を浮かべた。

（流石に、おかしいと思い始めたか……まぁ、今更止めようがないがね）

ロマーヌ子爵にしてみれば、御子柴亮真を断罪する為の場だったのだ。

それがいつの間にか、ザルーダ王国へ援軍を派遣する話へとすり替《か》わっている。

だが、国王自らの話を臣下であるロマーヌ子爵が遮《さえぎ》る事は出来ない。

そして、そんなロマーヌ子爵の反応を他所に、ラディーネは話を進めていく。

「ですが、我が国は先王ルピス・ローゼリアヌスの失政により、大きな痛手を受けました。後を継《つ》いだ私も、国王としての経験が浅く、エレナやマクマスター子爵の助力無しでは、国の運営を担《にな》う事が出来ません」

それは極めて当然な話。

今のラディーネが曲がりなりにも国王として成り立っているのも、エレナやマクマスター子爵が補佐をしているからこそなのだ。

その車輪の片方であるエレナをザルーダ王国への援軍に出せないというのは貴族達からしても納得《なっとく》の話と言える。

だが、そうなると当然、一つの疑問が出てくるだろう。

そして、貴族達の中には、ラディーネが何を言わんとしているのか、おぼろげながらに察し始めた者も出てきていた。

そして、貴族達が固唾《かたず》を呑《の》んで見守る中、ラディーネは遂に最後の言葉を告げる。

「その為、私はザルーダ王国への援軍を、御子柴大公へ一任する事に決めました。そして、私はこの場を借りて、御子柴大公へザルーダ王国救援《きゅうえん》に際して、必要な全ての権限を与《あた》える事を、此処《ここ》に宣言します！　栄光あるローゼリア王国をオルトメア帝国の野望から守り抜く為に！」

それはまさに、貴族達にとって青天《せいてん》の霹靂《へきれき》にも似た宣言。

凡そのところは予想していた察しの良い貴族達も、まさかラディーネがここまで思い切った命令を下すとは思っていなかったに違いない。

実際、亮真自身も事前に聞いていなければ、目の前で呆然《ぼうぜん》となっている貴族達と同じ反応を見せたに違いないのだ。

しかし、国王自らが宣言した以上、今更撤回《いまさらてっかい》など有り得ない。

異論や不満があるにせよ、黙っているよりほかに選択肢《せんたくし》は無いのだ。

（まぁ、ザルーダへの援軍の為《ため》という制限があるにせよ、ほぼ白紙の委任状を渡した様なものだからな）

それは、ルピス・ローゼリアヌスが下す事の出来なかった決断。

いや、西方大陸に割拠《かっきょ》するほかのどの国の国王でも、此処まで大胆な決断を下すことの出来る人間は居ないに違いない。

「御子柴大公！　前に出られよ！」

マクマスター子爵の言葉に小さく頷くと、亮真は事前の取り決めに従いラディーネの前に進み出ると、その場に片膝《かたひざ》をついた。

そんな亮真に対して、ラディーネは穏《おだ》やかな笑みを浮かべると、徐に口を開く。

「御子柴大公……困難な仕事ですが、我が命を受けてくださいますか？」

「はい、身命を賭《と》して……必ずやご期待に沿って見せます」

その言葉が亮真の口から放たれた瞬間、議事堂の中に衛兵達の歓声《かんせい》が響き渡った。

彼等は、槍《やり》の石突《いしづき》で床《ゆか》を叩《たた》きながら声を上げる。

「「御子柴大公に栄光あれ。ローゼリア王国に勝利を！」」

それはまさに熱狂《ねっきょう》の渦《うず》。

そしてその熱狂は、衛兵達から周囲の貴族へと伝播《でんぱ》していく。

やがて、貴族達の口からも歓声が沸《わ》き上がった。

「「御子柴大公に栄光あれ。ローゼリア王国に勝利を！」」

そんな中、ロマーヌ子爵とその一門だけが、周囲の熱狂から取り残されていた。

彼等にしてみれば、この状況下《じょうきょうか》でどう動くべきか判断が付かないのだ。

そして、そんな彼等に対して亮真は心の中でほくそ笑む。

（まぁ、そうなるだろうな……この空気の中で、俺を断罪出来ると思うほど馬鹿ではないだろうし、だからと言って、周囲の貴族達と同じ様に、俺に歓声を送るという訳にもいかないだろうからな）

そういう意味からすれば、無理に流れに逆らおうとせず、沈黙を選んだロマーヌ子爵は賢《かしこ》いと言っていいだろう。

しかし亮真には、このまま矛《ほこ》を収めるつもりなど微塵もなかった。

そして、亮真の目配せを受けたマクマスター子爵が、予《かね》てから予定していた言葉を口にする。

「それでは、審問を始めるとしよう！　告発者であるロマーヌ子爵！　前に出られよ！」

その言葉に、再び議事堂の中を静寂が支配した。

貴族達の顔に浮かぶのは当惑の色。

それはそうだろう。

既に、御子柴大公はザルーダ王国へ向けて派遣される援軍の将として、全権を委任されたのだ。

そんな人物に対して、今更審問を行う意味など無い。

国王であるラディーネが白紙委任状を渡したという事実によって、既に御子柴亮真という男の正義を宣言してしまったに等しいのだ。

実際、ロマーヌ子爵もその事を理解しているのだろう。

その顔は、怒りと屈辱《くつじょく》で真っ赤に染まっている。

自分が嵌《は》められたのだという事を理解したのだ。

まさに、天国から地獄《じごく》に叩き落とされたような心境。

或《ある》いは、マクマスター子爵に王国宰相の座を奪《うば》われたゲルハルト子爵の心境なのかもしれない。

傍聴席《ぼうちょうせき》に座るレナードに向けた視線に憎悪の炎《ほのお》が宿っている所から見ても、それは明らかだった。

内心、レナードを殺してやりたいと思っているに違いない。

いや、ロマーヌ子爵の周りに衛兵が立っていなければ、襲《おそ》い掛かっていただろう。

だが、やがて怒りに染まっていた顔に変化が現れる。

周囲を見回すロマーヌ子爵。

(誰かが助け舟《ぶね》を出してくれないか探しているってところか？)

しかし、そんなロマーヌ子爵を助けようという奇特《きとく》な人物が現れる様子はない。

ロマーヌ子爵が引き連れてきた、彼の家臣や親族達も、予想外の情勢に声を上げる事も出来ないでいるのだ。

誰もが火中の栗《くり》を拾いたいとは思わないのだから。

とは言え、何時までも宰相であるマクマスター子爵の言葉を無視する事は出来ない。

やがて、誰も助け舟を出してくれないという現実を受け入れたのだろう。

のろのろ躊躇《ためら》いがちにラディーネの前へと進み出るロマーヌ子爵。

そんなロマーヌ子爵に対して、ラディーネがゆっくりとした口調で尋ねた。

「それではロマーヌ子爵……貴方《あなた》の主張をお聞きしましょう。何でも、ご子息であるマリオ・ロマーヌの死に関して、御子柴大公に責任があるとの訴《うった》えでしたが？」

それは、実に女性らしい穏やかな口調。

しかし、その内容はまさに痛烈《つうれつ》な皮肉だ。

実際、当事者であるロマーヌ子爵は、ラディーネの問いに言葉を窮《きゅう》した。

それも当然だろう。

肯定《こうてい》すれば、審問が開かれ、双方の主張を国王の前でぶつけ合う事になる訳だが、既に審判《しんぱん》役《やく》のラディーネが、御子柴亮真に肩入《かたい》れすると宣言しているのだ。

勝敗は火を見るよりも明らかだった。

残る問題は、ロマーヌ子爵が被害《ひがい》をどの程度の規模で抑《おさ》える事が出来るかという点だけ。

今、ロマーヌ子爵の脳裏《のうり》には様々な可能性が浮かんでは消えていた。

恐《おそ》らく、相当な葛藤《かっとう》があったのだろう。

やがて、ロマーヌ子爵は体を震わせながらやっとの思いで口を開く。

「申し訳ございません……私の勘違《かんちが》いでございました……」

それは、貴族としての矜持《きょうじ》を捨てた言葉。

文字通り、亮真に対して白旗を上げた様な物だろう。

だが、今のロマーヌ子爵には他に口に出来る言葉が無い。

この状況で、御子柴亮真に対して責任を取らせたいなどとは口が裂《さ》けても言えないのだ。

仮に言ったところで、誰も賛同しない事が目に見えているのだから。

そして、ロマーヌ子爵には、素直《すなお》に謝罪する事で亮真達が矛を収めてくれるのではないかという打算もあったに違いない。

それは、ローゼリア王国の建国時から連綿と続く名門であるロマーヌ子爵家を取り潰《つぶ》すはずがないという驕《おご》り。

しかし、そんなロマーヌ子爵に対して、マクマスター子爵は追及《ついきゅう》の手を緩《ゆる》めようとはしなかった。

「待たれよ……勘違いとは聞き捨てならない。これは国王陛下に臨席を賜《たまわ》った正式な審問だ。勘違いなどという言葉では到底《とうてい》済む筈もなかろう」

それは疑問を差し挟《はさ》む余地のない正論だろう。

これが国王の臨席していない審問であれば、まだ取り繕《つくろ》う事が出来たかもしれない。

しかし、それは今更《いまさら》言うまでもない事だ。

そして、狼狽《ろうばい》するロマーヌ子爵に対してエレナが止めの一撃《いちげき》を繰り出す。

「まさか、御子柴大公閣下を貶《おとし》める為に、策を弄《ろう》したのかしら？」

その言葉に、成り行きを見守っていた貴族達《きぞくたち》は互《たが》いに顔を見合わせる。

勿論、彼等も事情は分かっているのだ。

そして、ラディーネ達が自分達に何を求めているのかも。

後は、ロマーヌ子爵の肩《かた》を持つか、エレナの主張に乗っかり御子柴亮真に与《くみ》するかのどちらかしかない。

そして、貴族達はロマーヌ子爵を切り捨て、自らの保身を選ぶ。

「見損《みそこ》なったぞ、ロマーヌ子爵！　まさか救国の英雄《えいゆう》である御子柴大公閣下を陥れようとするとは！　恥《はじ》を知れ！」

それが誰の口から放たれた言葉だったかは分からない。

だが、それは成り行きを見守っていた貴族達の心を一気に揺《ゆ》り動かす。

（まぁ、シャーロット辺りが仕込《しこ》んだサクラだろう……な）

亮真の視線が、シャーロット達へと向けられた。

その視線に気が付いたのだろう、シャーロットが小さく頷いて見せる。

（やっぱり、こういう工作はお手の物って事か……怖《こわ》いねぇ……）

物事というものは、概《おおむ》ね最初の一人が現れるまでは停滞《ていたい》しやすい。

しかし、二人目からは割とスムーズに次が現れる。

綺麗に掃除《そうじ》されている場所にゴミをポイ捨てするには、心理的に強い抵抗《ていこう》や罪悪感を抱《だ》く人間が多いが、ゴミが散乱している場所になら、それほど躊躇する事無くポイ捨てする心理にも似ているだろう。

実際、その言葉を皮切りにして、ロマーヌ子爵を糾弾《きゅうだん》する声が次々に響き渡った。

「売国奴め！」

「貴様はオルトメア帝国の手先か⁉」

「貴様の息子《むすこ》が死んだのは自業自得《じごうじとく》じゃないか！　何故《なぜ》、御子柴大公閣下に責めを負わせようとするのだ！」

まさに、手の平を返すとはこの事だろう。

貴族達から放たれる無数の罵声と怒号《どごう》。

議事堂がロマーヌ子爵への弾劾《だんがい》で埋《う》め尽《つ》くされる中、亮真はそんな貴族達の反応に冷めた視線を向けていた。

確かにロマーヌ子爵は愚劣《ぐれつ》で暗愚《あんぐ》であり、悪ではあるが、だからと言って今迄無関係だった貴族が、数を頼《たの》んで責め立てる姿は醜悪《しゅうあく》でしかない。

それは、あくまでも人間性の問題。

(まぁ、人間なんてそんなもんだろうな……ただ、何人か空気に流されないで沈黙を守っている気骨のある奴《やつ》がいる……ロマーヌ子爵に思うところは有っても、同じ貴族として忍《しの》びないってところか……後でシャーロット達に聞いてみるかな)

亮真は、この空気に踊らされロマーヌ子爵を容赦《ようしゃ》なく糾弾する貴族よりは、沈黙を守る貴族の方が信用出来ると思っている。

彼等は、空気を読めない訳ではない。

人としての節度を知っているかどうかだけだ。

だが、その節度を知る人間がどれだけいるだろう。

（まさに玉石混交だな……）

この議事堂を埋め尽くすローゼリア貴族達を表す言葉として、これほど相応《ふさわ》しい言葉もないだろう。

そして、その玉の存在を知る事が出来たというだけで、ロマーヌ子爵はその存在価値を亮真に証明してみせたと言っていい。

そんな事を考えながら、亮真は心の中でロマーヌ子爵に向けて手を合わせた。

（だから、アンタは此処で終わりだ……ご苦労さん……）

やがて、ロマーヌ子爵は倒《たお》れこむかの様に、その場へと頽《くずお》れた。

その顔に浮かぶのは悔恨《かいこん》と苦悩《くのう》。

自らの傲慢《ごうまん》さと愚かさから支払《しはら》う事になった代償《だいしょう》の重さを噛《か》み締《し》めている事だろう。

この後、己《おのれ》と己の家族が辿《たど》る事になるであろう末路を悟《さと》ったが故に……。

床に倒れ込んだロマーヌ子爵が衛兵達に抱《かか》えられながら議事堂を後にした後、亮真はラディーネ達へ挨拶《あいさつ》をした上で、貴族院の三階にある貴賓室へと戻《もど》っていた。

ソファーに悠然《ゆうぜん》と足を組みながら腰掛《こしか》ける亮真の顔には、勝者の笑《え》みが浮かんでいた。

その横では、マルフィスト姉妹が一仕事終えた主の為に、お茶の準備をしている。

「亮真様……どうぞ」

「あぁ、ありがとう」

ローラが淹《い》れてくれた紅茶の香りを楽しむと、徐にティーカップを口に近づける。

「こちらも宜《よろ》しければ……」

そういってサーラが差し出すクッキーを、一つ口に放《ほう》り込む亮真。

適度な甘味《あまみ》とサクサクと小気味良い口当たり。

「菊菜《きくな》さん、また腕《うで》を上げたみたいだな」

「ええ、シモーヌさんが他の大陸から色んな品を買い込んで来てくれるので、色々と試行錯誤《しこうさくご》しているみたいですよ」

「成《な》る程《ほど》ね……流石、日本人……美味《うま》い物には目がないか」

そう小さく呟《つぶや》くと、亮真は再びティーカップに手を伸ばす。

その姿はまさに、祝杯《しゅくはい》をあげる勝者と言ったところだろうか。

実際、今日中に処理しなければならない仕事が残っていなければ、一杯酒《いっぱい》をひっかけたいというのが亮真の本音だろう。

もっとも、それも当然の話だ。

あの後、国王であるラディーネは御子柴大公家に対する嘘の告発をしたという罪により、ロマーヌ子爵家の家名断絶を宣言し、ロマーヌ子爵本人も子爵位を剥奪《はくだつ》された上、投獄《とうごく》される事になったのだ。

まさに、御子柴亮真の計画通りといった所だろうか。

このローゼリア王国に巣食うゴミが一つ片付いたと思えば、自然と笑みも零れてしまうものなのだろう。

とは言え、それを周囲に見せない程度の配慮を、御子柴亮真は持ち合わせていた。

それが、人としての節度というもの。

だからこそ、プライバシーを担保出来る貴賓室へと戻って来たのだろう。

(投獄か……まぁ、何れ《いず》何処《どこ》かのタイミングで病死という事になるだろうな……)

亮真としても、多少は気の毒だと思う気持ちが無い訳ではなかった。

勿論、ロマーヌ子爵が犯《おか》してきた罪の重さを考えれば、それは極めて当然の結果だが、ローゼリア王国貴族階級における腐敗《ふはい》と慣習が彼をそうさせたという側面がないわけではないのだから。

とは言え、ロマーヌ子爵《ししやく》には生かしておくだけの利用価値がないというのも事実だろう。

(いや、生かしておけば、何らかの形で復讐を企《くわだ》てる可能性だって有る以上、それは悪手……か)

勿論《もちろん》、生きていれば更生《こうせい》の可能性は常に残されてはいる。

現代日本でも、死刑廃止《しけいはいし》を求める人間が口にする廃止《はいし》理由の一つに、人は必ず更正出来るという性善説的な考え方が有るのだから。

だが、それはあくまでも可能性の話。

死んでしまえば確かに可能性は零《ぜろ》。

そう言う意味からすれば、確かに生きてさえいれば人は変わる可能性を持っているだろう。

しかしそれは、単に零ではないというだけで、実際にロマーヌ子爵が今から更正する可能性は億に一つもないというのが亮真の個人的な見解だ。

勿論、それが正しい意見だと、他人に押《お》し付けるつもりはない。

しかし、馬券を買う時に、人は自分が的中すると信じる馬券を買う。

逆に、外れるだろうなと自分が思っている馬券を買う人間はまずいない。

人と馬は違うと言うが、考え方の本質に大差はないのだ。

後は、何を信じ、何を選ぶか。

取捨選択《しゅしゃせんたく》の話。

そして、亮真から見たロマーヌ子爵は、まさに倍率一千倍にも及《およ》ぶ万馬券の様な物に近いだろう。

そういう諸々《もろもろ》の可能性を考えると、ロマーヌ子爵にはこの世から消えてもらった方が、後腐《あとくさ》れが無いのだ。

とは言え、表立って処刑《しょけい》という事になると、それはそれで名分を立てる手間が掛《か》かる。

それくらいならば、投獄中に病死した形で処理する方が、収まりがよいのも事実。

（それに、病死の方が貴族連中には良い脅《おど》しになるだろうしな）

法や正義は確かに重要だ。

だが、それに固執《こしつ》し過ぎると、逆手に取ろうとする輩《やから》が出てくる。

犯罪者が、人権を盾《たて》に自らの利益を確保しようとするのと同じだ。

（まぁ、やりすぎると、それはそれで問題だが……ね）

何事にもバランスが必要という事なのだろう。

そんな事を考えていると、貴賓室の扉を誰かがノックした。

「坊《ぼう》や、今良いかい？」

「お待ちしてました。どうぞ」

扉を開けて入ってきたのは、亮真の腹心であり、嘗ては凄腕《すごうで》の傭兵《ようへい》として名を馳《は》せた【紅獅子《べにじし》】のリオネだ。

【双刃《そうじん》】と呼ばれるロベルト・ベルトランとシグニス・ガルベイラが亮真にとっての剣《けん》であるならば、リオネという女はまさに盾と言ったところだろうか。

御子柴亮真にとってはローラ達と同じくらい苦楽を共にしてきた仲間であり、家臣と言っていいだろう。

そんなリオネに対して、亮真は穏やかな笑みを浮かべながら、労《ねぎら》いの言葉を掛ける。

「ご苦労様でした。色々と大変だったでしょう？　お茶でも飲んで一息入れてください」

亮真の言葉に対してリオネは軽く頷《うなず》くと、亮真の前に置かれたソファーの上にその身を投げ出す。

そして、ローラが淹れてくれた紅茶に口を付けると、深く息を吐《は》きだした。

「ありがとう……相変わらず、アンタの淹れてくれるお茶は美味いねぇ。何かこう、心が落ち着くっていうかさぁ」

そう言って笑い掛けるリオネに、ローラは無言のまま軽く頭を下げる。

そして、そんなリオネに対して亮真は肩を竦《すく》めながら話しかける。

「とは言え、こんな日は酒でも飲みたいところですがね……」

「まぁ、それはそうだけどもね……色々とこの後も仕事が有るからね。酒は夜までお預けさ……お互い出世すると窮屈《きゅうくつ》で仕方ないねぇ。傭兵時代が懐《なつ》かしいよ」

「そうですね。まぁ、俺も好き好んで大公になった訳じゃありませんが、今更全てを投げ出す事も出来ませんし……ね」

「やめておくれよ。坊やに投げ出されたら、アタイ達は路頭に迷っちまうよ」

そう言って苦笑いを浮かべる亮真とリオネ。

人も羨《うらや》む立身出世を果たした二人だが、当人達にしてみれば、色々と思うところがあるのだろう。

とは言え、今更全てを投げ出す事など出来る筈もない。

何しろ、亮真の双肩《そうけん》にはローゼリア王国のみならず、隣国《りんごく》ザルーダ王国の命運も掛かっているのだから。

「とりあえずは、これで一段落ですね……後は、ザルーダへ送る援軍の編制を急ぐだけですかね？」

亮真の問いに対して、対面のソファーに座っていたリオネが神妙《しんみょう》な顔で頷いて見せた。

「そうだねぇ……まぁ、まだまだ問題が山積みなのは間違いないけれど、色々とあった割には今のところ順調に進んでいるんじゃないかねぇ？」

「えぇ……オルトメアがザルーダに攻め込んだ上、ユリアヌス陛下が倒れたと聞いた時には、どうしようかと思いましたがね」

そう言ってため息を吐《つ》く亮真に、リオネは肩を竦めて見せる。

「それはアタイだって同じさ……まぁ、坊やが何とかするだろうとは思っていたけどね」

それは信頼《しんらい》に満ちた言葉。

（或いはマルッと押し付ければいいと思われているのか……まるで何でも屋だな……一応リオネさんの主君の筈なんだけどな……俺）

とは言え、亮真としてもリオネに抗議《こうぎ》する訳にもいかない。

亮真は亮真で、事ある毎《ごと》にリオネや他の面々に無理を押し付けているのだ。

まぁ、適材適所という事なのだろう。

「しかし、ロマーヌ子爵はもっと悪あがきするかと思ったけれど、存外大人しいもんだったねぇ……こっちは最悪、刃傷沙汰《にんじょうさた》になるかと、貴族院の周りに兵を伏《ふ》せていたけれど、結局無駄《むだ》になったしねぇ……まぁ、アンタみたいな事を考える人間は、然《そ》う然《そ》う居ないって事なのかねえ？」

リオネの言葉に、亮真は思わず苦笑いを浮かべる。

「まぁ、褒《ほ》められたと思っておきますよ」

何しろ、以前この貴族院から武力を行使する事で逃《に》げ出したのは、御子柴亮真その人なのだ。質が悪いと言えば、これほど悪い人間もそうはいないだろう。

そういう意味からすれば、ロマーヌ子爵は良い意味で潔《いさぎよ》い人間だとすら言える。

「とは言え、ロマーヌ子爵には色々と苦労させられました。何しろ、他の貴族達との兼《か》ね合いもありましたからね。当初の計画通り、貴族連中を一気に排除《はいじょ》するなら問題なかったんですが、何とか形になって良かったですよ」

「そうだねぇ……やはりラディーネ陛下に助力を頼んだのは正解だったんだろうね。シャーロットだっけ？　あの子の提案を呑んで正解だったんじゃないかい？」

実際、リオネの評価は正鵠《せいこく》を射ている。

亮真としても、シャーロット・ハルシオンとその仲間達の存在は、レナード・オルグレンと並んで大きな収穫《しゅうかく》と言えるのだ。

(もっとも、上手《うま》く制御《せいぎょ》するには、大分骨が折れそうだがね)

とは言え、彼等が今後も使える人材である事に変わりは無いし、それが分かっただけでも、今回の計画を進めた甲斐《かい》があったと言っていいだろう。

「ええ、貴族達をけん制するという意味では最適な選択《せんたく》でした。やはり、貴族の事は貴族に任せるのが一番なんでしょうね。何しろ俺は、俄《にわ》か貴族ですから……ね」

そう言って肩を竦めて見せる亮真に、リオネは笑みを浮かべながら頷いた。

「そうだね……後、ラディーネ陛下には随分と驚《おどろ》かされたよ。私も陰《かげ》から成り行きを見ていたけど、あの決断力はルピスにはなかったからねぇ」

その言葉に、亮真は深く頷いて見せる。

実際、リオネの評価は正しいだろう。

何しろ、御子柴大公家はローゼリア王国内に於《お》いて、最大戦力を保有する国内最高位の貴族家なのだ。

それは言うなれば、国王であるラディーネすらも凌《しの》ぐ程の権勢を持つ。

そんな男に対してラディーネは、ザルーダ王国への援軍の為という条件付きであるにせよ、白紙の小切手を渡《わた》すに等しい権限を与えたのだ。

それはつまり、御子柴亮真とラディーネ・ローゼリアヌスが一蓮托生《いちれんたくしょう》であるという事を宣言したに等しい。

そして、その覚悟はルピス・ローゼリアヌスが持ちえなかったものだ。

御子柴亮真という男を恐れ、排斥《はいせき》しようとし続けたルピス・ローゼリアヌス。

御子柴亮真という男を信じ、全ての権限を与える事を決めたラディーネ・ローゼリアヌス。

それはまさに、対照的とも言える選択。

（やはり、器量の差なのだろうな……庶子《しょし》として生まれたラディーネ陛下に王者としての器量が備わっているというのも、実に皮肉な話だが……）

そして、本人の資質もさる事ながら、育った環境《かんきょう》の差も大きいだろう。

王族としての教育を碌《ろく》に受けていないラディーネだが、平民として暮らしていた時間が長い分苦労もしている筈だ。

そしてそれが、良い意味でラディーネ・ローゼリアヌスという人間を成長させたのだろう。

（苦労は買ってでもしろというが……まさに、その典型的な例だろうな）

そして、ラディーネに王としての器量が備わっていたからこそ、亮真としても、何とかオルトメア帝国との戦に勝利する道筋を付けられたと言って良いのだ。

「まぁ、後はザルーダへの援軍を早急《さっきゅう》に派遣するだけ……ですね」

「まぁ、そう言う事だね……とは言え、それで終わりって訳じゃないけれど……ね」

「ええ、何しろ敵は二十万を超える大軍って話ですからね……それに加えて、ユリアヌス陛下も危篤状態《きとくじょうたい》ですし……はてさてどうしたものか、頭の痛いところですよ」

そう言って天を仰《あお》ぐ亮真は、奇麗《きれい》に整えられていた頭を掻《か》いた。

「でも、あんたなら何とかしてくれるんだろう？」

「そうですね……俺《おれ》もまだ、死にたくはないですから、最善を尽くしますよ」

そう言って笑い合う亮真とリオネ。

実際、亮真達の心は、既《すで》に隣国であるザルーダ王国へと向けられていた。

何しろ、オルトメア帝国のザルーダ王国侵攻を阻《はば》む事が出来なければ、亮真達に未来はないと分かって居たのだから。

既に国内の掌握《しょうあく》が形になったローゼリア王国より、今尚《いまなお》激戦を繰り広げているザルーダ王国を重視するのは当然の判断なのだ。

だが、そんな亮真とリオネの判断は、少しばかり気が早かったのかもしれない。

いや、神ならぬ人の身である以上、全ての可能性を計算する事は不可能。

そうである以上、それは致《いた》し方《かた》の無い事だったのだろう。

とは言え、結果的に亮真が考えた戦略は、再び大きな変更《へんこう》を強《し》いられる事となった。

半月後、更《さら》なる凶報《きょうほう》がローゼリア王国へと齎《もたら》された。

しかしそれは、西の隣国であるザルーダ王国からの報《しら》せではなかった。

第四章　齎された凶報

ミスト王国。

それは、大陸の東部沿岸部を領有する西方大陸東部三ヶ国《こく》の一角を占《し》める国の名だ。

そして、他大陸との貿易に依《よ》って築き上げた富と、その富に裏打ちされた大陸一とも謳《うた》われる海軍を保有する貿易国家の名前でもある。

国土の大きさからすれば、東部三ヶ国を構成するザルーダ王国、ローゼリア王国、ミスト王国に大きな差はないのだが、東側が海であるという地政学的利点を最大限に活用してきたミスト王国は、そんな東部三ヶ国の中でも頭一つ分抜《ぬ》け出た存在と言えるだろう。

まさに、海を領土として活用している国と言える。

そんな、ミスト王国の王都エンデシアに聳《そび》える王城の一角に設けられた執務室《しつむしつ》では、【暴風】の異名を以《もっ》て恐れられる女将軍、エクレシア・マリネールは、先ほど齎された御子柴《みこしば》大公家からの書状に目を通していた。

「そう……シャルディナ・アイゼンハイトが遂《つい》に動いたのね……当初の想定以上に動きが早いわ。それに加えてユリアヌス一世陛下が危篤だなんて……ジョシュアは大丈夫《だいじょうぶ》かしら？　とりあえず、御子柴殿《どの》の方は、馬鹿貴族を生贄《いけにえ》にする事で、上手くローゼリア王国の貴族達を掌握する事に成功した様だから、良かったけれど……」

御子柴亮真《りょうま》から送られてきた書状を前に、エクレシアは形の良い眉《まゆ》を顰《ひそ》めて呟く。

当初の予定からザルーダ王国がジョシュア・ベルハレスを中心に、オルトメア帝国の再侵攻に備えてきた事は、エクレシアも知っていた。

そして、防衛の指揮を執《と》るジョシュアが、西方大陸全土を見回しても、十指に数えられるほどの才に溢《あふ》れた武将である事も分かって居る。

何しろ、長年ザルーダ王国を守り続けてきたアリオス・ベルハレスの息子なのだ。

多少は、若さ故の経験不足や詰《つ》めの甘《あま》さはあるかもしれないが、今のザルーダ王国にジョシュア以上の武将は存在しない。

（それに、幾《いく》ら若いと言っても、御子柴殿程《どのほど》ではないし……ね）

そもそも、エクレシア自身が未《いま》だ三十になるかならないかと言った年齢《ねんれい》なのだ。

幼少のみぎりから一軍を率いてきた為、戦歴としては歴戦の勇士と言って良い物を持っているが、一般的《いっぱんてき》にはまだまだ尻《しり》の青い小娘《こむすめ》と言われても何の不思議もない年齢と言えるだろう。

実際、エクレシアが若すぎる事に対しての懸念《けねん》や中傷の声は未だに消え去ってはいない。

だが、そんな周囲の声を、エクレシアは文字通り勝利という結果を出す事で黙らせてきた。

そして、エクレシアはそんな自分と同じ才気をジョシュア・ベルハレスや御子柴亮真から感じ取っていた。

そんな若き英雄が防衛を担うのだ。

普通《ふつう》に考えれば、如何《いか》に大国オルトメアといえ、そう簡単にザルーダ王国を占領《せんりょう》する事は難しいだろう。

（それに、今は亡《な》きアリオス・ベルハレスが率いた直属部隊も、少数ではありますが残っているという話ですしね）

とは言え、如何にアリオス・ベルハレスの無念を晴らそうと雪辱《せつじょく》に燃える兵士達を率いると言っても、数には限りがあるのだ。

兵士の士気が高いというのは決して悪い事ではないが、それだけで戦に勝てる訳ではない事はエクレシアも十分に理解している。

ましてや、相手はオルトメア帝国。

その圧倒的《あっとうてき》な物量を前にしては、多少ザルーダ王国軍の士気が高いと言っても、勝敗を左右する決定的な要素にはなりにくい。

（いや、殆《ほとん》ど影響《えいきょう》しないという方が現実的な評価でしょうね）

だから、ザルーダ王国内に橋頭堡を造られるのは致し方の無いところだろう。

如何にジョシュアが才能に溢れた武将であり、事前に準備をしていたとはいえ、オルトメア帝国の侵攻を国境線で食い止められるとは、エクレシアも流石《さすが》に考えてはいない。

とは言え、開戦早々に王都ペリフェリアが陥落《かんらく》するといった事態も考えにくいだろう。

少なくとも、ローゼリア王国とミスト王国の援軍が到着《とうちゃく》するまでの間は、戦線を持ち堪《こた》えられる筈だ。

ただ、オルトメア帝国のザルーダ再侵攻と、ユリアヌス一世の危篤という二つの凶事《きょうじ》が重なった事に、言い知れぬ不安を掻き立てられるのだ。

（とは言え、私に出来る事は少ない……まずは、早急にザルーダ王国への援軍を編制する事でしょうね……）

オルトメア帝国は西方大陸中央部の覇者《はしゃ》であり、大陸全土を見ても三本の指に入る超大国《ちょうたいこく》だ。

そんな超大国を相手に、東部三ヶ国の一角であるザルーダ王国が生き残るのは至難の業と言えるだろう。

勿論、ザルーダ王国一国の戦力では、オルトメア帝国という津波《つなみ》を防ぎきれないのは目に見えている。

先年に起こったオルトメア帝国のザルーダ王国侵攻を防げたのは、勿論ザルーダ王国の騎士《きし》が勇敢《ゆうかん》に戦ったという理由もあるが、ミスト王国、ローゼリア王国、ザルーダ王国の東部三ヶ国がエルネスグーラ王国を盟主とした同盟を結んだという事実が大きいだろう。

そう言う意味からすれば、今回も同じ様に四ヶ国で連合軍を編制すれば、オルトメア帝国の侵攻を阻める公算は高い。

ただ、エクレシアはそんな四ヶ国連盟が決して一枚岩ではない事を直感的に理解しても居た。

（ローゼリア王国はエレナ様とあの男が居るから、安心してよいと思うけれど、問題はエルネスグーラ王国の女狐《めぎつね》がどう動くのか読み切れないところよね……素直に援軍を出してくれるならば問題は無いのだけれど……）

オルトメア帝国《ていこく》とキルタンティア皇国に並ぶ三大大国の一つ、エルネスグーラ王国。

彼《か》の国を治める若き女王、グリンディエナ・エルネシャールは【女狐】と呼ばれる策謀家《さくぼうか》にして稀代《きたい》の戦略家。

その上、権力を握《にぎ》る為に肉親すらも粛清《しゅくせい》したと言われる冷酷《れいこく》にして冷徹《れいてつ》な支配者であり、国土の大部分を砂漠《さばく》に覆《おお》われた不毛な国土でありながらも、民衆達から絶大な信頼と敬愛を向けられる稀代の名君だ。

そんなグリンディエナが、幾ら四ヶ国連盟の盟主を務めているからと言って、何の代価も求めずにザルーダ王国への参戦を決めるとは少しばかり考え難《にく》い。

(勿論、エルネスグーラ王国としてもザルーダ王国をオルトメア帝国に占領されるのは痛い筈《はず》。そう言う意味からすれば、早急に援軍《えんぐん》を派遣《はけん》してくれるかもしれないけれど……)

怖いのは、西方大陸西部を支配するキルタンティア皇国の動向が読めないという点。

(キルタンティア皇国とオルトメア帝国は犬猿《けんえん》の仲だけれども、それはエルネスグーラ王国も同じ筈……それなのに、オルトメア帝国は動いた……それも、前回の様な短期決戦ではなく、長期戦の備えをして……何故？　何故シャルディナ・アイゼンハイトはその選択肢を選ぶ事が出来るの？)

オルトメア帝国の領土拡大を嫌《きら》えば、逆にオルトメア帝国領内へキルタンティア皇国が進攻《しんこう》する可能性が出てくるだろう。

勿論、それを見越《みこ》して、オルトメア帝国西方の国境地帯の護《まも》りを、事前に固めている可能性は考えられるだろう。

その重厚《じゅうこう》な守りでキルタンティア皇国の侵攻《しんこう》を防ぎつつ、地力に勝るザルーダ王国を攻め落《せ》とす計算だ。

しかし、エクレシアとしては、もう一つの可能性の方が高いように感じて仕方がなかった。

（もし、シャルディナ・アイゼンハイトが、全てを計算の上で、ザルーダ王国の再侵攻をこのタイミングで行ったとしたらキルタンティア皇国へ何の布石も打たない筈がない……）

（キルタンティア皇国がオルトメア帝国の領土拡大を認めた？　或いは、何らかの条件と引き換《か》えに黙認《もくにん》させたとか？）

それは考えうる限り、最悪の状態だ。

（勿論、今迄《いままで》の両国関係を考えれば、その可能性は低いとは思うけれど……）

西方大陸が未だに戦禍《せんか》が絶えない理由は、大陸の覇者たらんとするオルトメア帝国、キルタンティア皇国、エルネスグーラ王国の三国が、国力的にほぼ同等であり、三竦《さんすく》みの様な微妙《びみょう》なバランスを保っているからに他ならない。

そしてその事は、彼等もまた十分に理解している事だろう。

もし仮に、オルトメア帝国がザルーダ王国侵攻に成功し大陸東部の征圧の為の橋頭堡を得たとすれば、三大強国の中でも、頭一つ抜け出す事になる。

（それが分かって居て、キルタンティア皇国がオルトメア帝国の侵攻を許容するとは思えないのだけれども……）

勿論、絶対に不可能だとは言い切れないのも確かだ。

エクレシアの脳裏には、キルタンティア皇国がオルトメア帝国のザルーダ王国侵攻を許容する幾つかのケースが既に浮《う》かんでいるのだから。

（もし一時的でも両国が矛を収めるとすれば、オルトメア帝国が大陸南部で切り取った領地を割譲《かつじょう》した場合、もしくはオルトメア帝国の王族とキルタンティア皇国の皇族が、婚姻《こんいん》を結ぶような場合でしょうか？）

確かにエクレシアの脳裏に浮かぶ状況になれば、キルタンティア皇国はオルトメア帝国の拡大を認める可能性はあるだろう。

しかし、それはあくまでも可能性が零ではないというだけでしかない。

もし仮にミスト王国を治める主君から、国防に関しての献策を求められたなら、エクレシアはこの可能性を言及《げんきゅう》する事はまずないだろう。

実現性という観点から考えれば、どちらの場合も机上《きじょう》の空論の域を出ないからだ。

（これらの選択をキルタンティア皇国側が選ぶには、考慮《こうりょ》するべき懸念点が余りに多すぎますからね）

もし領土的な割譲が黙認の条件だった場合、キルタンティア皇国は間違《まちが》いなく膨張《ぼうちょう》したオルトメア帝国の圧倒的な物量に押しつぶされて、その長い歴史を終える事になるだろう。

一時的には平和になったと国民は喝采《かっさい》を上げるかもしれないが、最短では十年程度、最長でも三十年ほどで喝采は怨嗟《えんさ》の声に変わる事が目に見えている。

王族同士の婚姻を行う事が条件だった場合は、そこまで悲惨《ひさん》な事にはならない可能性はあるだろう。

少なくとも、王族同士が婚姻関係にある国を、軍事力を以て攻め滅《ほろ》ぼすというのは、オルトメア帝国が西方大陸の覇権《はけん》を確立する上で、決して得にはならないからだ。

妻の実家であるキルタンティア皇国を平然と亡《ほろ》ぼしてしまう様な冷血漢に、いったい誰《だれ》が安心して付き従えるというのだ。

国民は疎か、臣下ですらもそんな国王の下では安心して生きていく事が出来ないだろう。

そして、日々の不安は将来的に間違いなく反乱へと結びつく。

そう言った可能性を考慮すれば、両国が婚姻関係を結んだとすれば、キルタンティア皇国が攻め滅ぼされる可能性は低いと言える。

ただ、だからと言って、両国の関係が蜜月《みつげつ》のまま平穏無事《へいおんぶじ》に過ごせる訳でもない。

(短期的には平穏《へいおん》を得る事が出来ても、長期的にはオルトメア帝国の大陸制覇《せいは》を助長する悪手にしかならないもの……そして、彼我《ひが》の国力差が目に見えて開いてしまえば……その行きつく先は一つでしょうね)

その場合、最終的にキルタンティア皇国はオルトメア帝国の従属国家。

独自の外交権を奪われ、キルタンティア皇国は、皇国とは名ばかりの一地方領主にまで軍事力や経済力を衰《おとろ》えさせる事になるだろう。

当然、領土も今のままの大きさを保持する事は出来ない。

良くて今の数十分の一。

下手をすれば百分の一程度にまで削《けず》られる事になるだろう。

（いえ……正直それでも、キルタンティア皇国の名前が残るだけ幸運な結末でしょっね……）

最悪の場合、皇国の名すらも残らずオルトメア帝国に併合《へいごう》されるか、一方的に資源を搾取《さくしゅ》される植民地化の道を辿る事になる事が目に見えている。

（勿論、そんな事はキルタンティア皇国側の人間も理解している筈……だから実際にそう言った交渉《こうしょう》が両国間で成立する可能性は皆無《かいむ》でしょうけれども……）

そう考えると、キルタンティア皇国がオルトメア帝国と手を組む可能性は皆無と言えるだろう。

部外者であるエクレシアがパッと考えても、これだけの諸問題が思《おも》い浮かぶのだ。

当事者であるキルタンティア皇国の上層部が、そう言った問題点を考えつかない筈がない。

ただ、そこまで理解していてもエクレシアが、この可能性を完全に捨てきれないのには理由がある。

（それは、第三勢力が介入《かいにゅう》した場合……）

勿論、そんな事はあり得ないとエクレシアも考えてはいた。

しかし、以前にザルーダ王国国王であるユリアヌス一世から告げられた、組織の存在が脳裏にチラついて離《はな》れない。

（荒唐無稽《こうとうむけい》……そう笑い飛ばせればいいのだけれど……）

普通に考えれば、それはあり得ない話だ。

この広大な西方大陸全土に根を生やし、国家間の紛争《ふんそう》を引き起こす事で利益を得る謎《なぞ》の集団の存在など、子供向けの御伽噺《おとぎばなし》の様にしか思えないというのが、エクレシアの正直な感想だろう。

（でも、御子柴殿も可能性はあると言っていたし……）

その時は、あくまでも可能性の一つでしかなかった話。

ユリアヌス一世から共に同じ話を聞いた人間同士が、互いの感想を確認《かくにん》し合っただけの事だ。

しかし、時が流れ様々な要因が積み重なってくると、単なるユリアヌス一世の妄言《もうげん》だと切り捨てる事は難しくなってきている。

（それに、組織が本当に存在しているかはさておき、光神教団も決して、単なる宗教団体という訳ではありませんし……）

西方大陸全土に対して影響力《えいきょうりょく》を持つ光神教団は、国家にとっては決して無視できない巨大勢力《きょだいせいりょく》だ。

建前上は、世俗《せぞく》の権力に関わらないと標榜《ひょうぼう》しているものの、その実態は教団内部の権力闘争《とうそう》に明け暮れる、清貧《せいひん》や清廉《せいれん》とはとても言い難い存在。

何しろ彼等は、大陸全土から集められるお布施《ふせ》と言う名の税金によって、貴族もかくやという様な生活を送っているのだ。

そして、その莫大《ばくだい》な経済力を使って、聖堂騎士団《せいどうきしだん》という軍事力を有している。

表向き聖堂騎士団を始めとした教団保有の軍事力は、人類の幸福を守る為《ため》に亜人種《あじんしゅ》と戦う戦力という触れ込《ふこ》みだが、その実態は単なる武力集団に他ならない。

言うなれば国教という枠組《わくぐ》みにとらわれない、国家を超《こ》えた国家とも言うべき存在と言った方が正しいだろうか。

(彼等の思惑《おもわく》が読み切れない以上、彼等が黒幕という可能性も現時点では捨てきれません……まぁ、だからと言って今の段階で打てる手もありませんが……)

如何にミスト王国が東部三ヶ国随一《ずいいち》の国力を誇《ほこ》っているとしても、西方大陸全域に影響力を持つ光神教団の力の前には、砂上の楼閣《ろうかく》にも等しいだろう。

もし光神教団と真っ向から矛《ほこ》を交えるのであれば、少なくとも、東部三ヶ国の連携《れんけい》は当然の事として、オルトメア帝国を始めとしたキルタンティア皇国とエルネスグーラ王国との連合は必須《ひっす》と言えるだろう。

いや、それすらも大分甘い見込《みこ》みだ。

本当に必勝を期するのであれば、南部諸王国まで含《ふく》めた大陸全ての国家が集結するしかない。

しかし、そんな事は事実上不可能だろう。

それこそ、何処かの覇王《はおう》が各国を武力で統一するぐらいしか可能性はない。

(まぁ、他に可能性が有るとすれば、最も有力なのはギルドでしょう……あそこは冒険者《ぼうけんしゃ》や傭兵と言った戦力を動員出来ますし、光神教団を超える影響力を大陸全土に行使できますからね……まぁ、勿論、彼等が中立という立場を投げ捨てればの話ですが……もしくは、ユリアヌス

陛下が言われる組織くらいでしょうね……きっと）

そんなとりとめのない事を考えつつ、エクレシアは窓の外を見上げた。

そして、その艶《つや》やかな唇《くちびる》から、小さな呟きが零《こぼ》れ落ちる。

「それにしても、つい先日帰国したばかりなのに……こうも立て続けに仕事が増えるなんて……まぁ、仕方ないわね……」

青い空に白い雲。

その胸中を過るのは、【双刃】と謳われた猛将《もうしょう》二人を駆使《くし》して、ローゼリア王国南部に割拠《かっきょ》する貴族達の所領を荒《あ》らした日々。

そして、御子柴亮真という覇王の描《えが》く絵に従って動く事への充足感《じゅうそくかん》だろうか。

（まぁ……何れまた御子柴殿と共に轡《くつわ》を並べる日も来る事でしょう……）

それは、歴戦の勇士と謳われるエクレシアの確かな予感。

しかし、エクレシアは知らない。

御子柴亮真と共に再び轡を並べて戦う事になる日が、自分の予想以上に早く訪《おとず》れ様《よう》としている事を。


エクレシアが、御子柴亮真より送られた書状に目を通してから数日が経《た》った。

悲劇はミスト王国の南部であり、南部諸王国の一角を占める小国であるブリタニア王国との国境の街にして防衛線の要である、城塞都市《じょうさいとし》ジェルムクから始まる。

この日、城塞都市ジェルムクは普段《ふだん》と同じ朝を迎《むか》えた。

しかし、僅《わず》か数時間後、その普段と同じ日常は、音を立てて崩れる事になる。

「ふぁあ……眠いっすねぇ……まったく何の因果で、フルザードで生まれ育った俺が、こんな田舎《いなか》の国境守備隊になんて配属されたんだか……俺は海軍を志望したんですがね……」

国境守備隊の新兵として配属されたトニーは、城塞都市ジェルムクの城門の上に設けられた櫓《やぐら》から周辺警備を行っていた。

櫓の上から前方に広がる国境地帯を警戒《けいかい》するトニーの目は、遥《はる》か遠方に広がるブリタニア王国領の鬱蒼《うっそう》とした森林地帯の方へと向けられている。

とは言え、その態度は実にだらけたもの。

警戒任務の最中にも拘《かか》わらず、欠伸《あくび》を堪《た》え切れないところから見て、かなり気が緩《ゆる》んでいるらしい。

兵士として、戦場に赴《おもむ》く気構えが足りないと言われても仕方のない態度だろう。

だが、それもある意味致し方の無い事なのかもしれない。

嘗《かつ》ては、年に幾度《いくど》となく血みどろの戦を行ってきたミスト王国とブリタニア王国だが、十年程前にブリタニア王国内で政変が起こった関係で、ここ最近はブリタニア王国側の侵攻が行われていないのだ。

とは言え、両国間で正式な停戦や終戦の調印はされていないので、未だに戦争状態なのに変わりはない。

今は、嵐《あらし》の前の静けさとでもいうべきだろうか。

だが、そんなどっちつかずの中途半端《ちゅうとはんぱ》な状態でも、それが何年も続けば、人はその状態を日常だと判断する。

幾ら国境警備と言っても、敵が姿を現さないと分かって居れば、多少は気が緩んでも致し方が無いと言えなくもない。

監視《かんし》や警備という仕事は、事が起こるその時までは、極《きわ》めて退屈《たいくつ》な仕事なのだから。

しかし、そんなトニーの態度を隣《となり》で見ていた兵士は黙《だま》ってはいなかった。

その兵士は、鋭《するど》い舌打ちをすると、無言のままトニーに近づき、彼の頭部を鋼鉄の小手で覆われた拳《こぶし》で殴《なぐ》りつける。

櫓の中に金属がぶつかり合う鈍《にぶ》い音が響《ひび》いた。

「トニー……少しばかりたるみ過ぎだ！　交代時間まで気を張り詰め続けろとまでは言わないが、平然と欠伸をするなど、気を抜き過ぎだぞ！」

そう言って、その兵士は激痛に蹲《うずくま》るトニーを怒鳴《どな》りつける。

二十代になるかならないかと言った年齢であるトニーに対して、その兵士の年齢は明らかに四十を超えていた。

顔に走る刀傷から見て、相当な戦歴の持ち主なのだろう。

まさに数多《あまた》の地獄《じごく》を潜《くぐ》り抜けてきた精兵と言った佇《たたず》まいだ。

そんな先輩《せんぱい》兵士の叱責《しっせき》に、トニーは涙目《なみだめ》になりながらも抗議の声を上げる。

「酷《ひど》いっすよ……兜《かぶと》の上からだって痛いんですからね……」

そんなトニーの言葉に、先輩兵士は鼻を鳴らして嗤《わら》った。

「馬鹿野郎《ばかやろう》。痛いで済めば御《おん》の字《じ》じゃねぇか。下手すりゃお前、ブリタニアの糞野郎《くそやりうども》共に殺されるかもしれないんだぞ？」

それは戦場を知る人間の心からの忠告。

言葉は荒《あら》いが、この先輩兵士はどうやら本気でトニーを心配しているらしい。

確かに、トニーの頭を小突《こづ》いたのは現代社会で言えばパワーハラスメントだ。

もし現代社会で同じ事をすれば、最悪の場合多額の慰謝料《いしゃりょう》を支払う事にもなりかねない。

だが、この大地世界《アース》にパワーハラスメントなどという言葉は存在しないのだ。

いや、仮にパワハラという概念《がいねん》がこの大地世界に存在したとしても、この兵士はトニーを小突く事を躊躇《ためら》わなかっただろう。

世の中には、殴られなければ理解出来ないという人間も存在しているのだ。

勿論、暴力を使わないで済むなら、それに越《こ》した事はないだろう。

それはこの大地世界も同じだ。

しかし、暴力を用いなければ変わらない事や、変えられない事も確かに存在しているという事実を忘れてはいけないだろう。

ましてや、トニーの様に警戒任務中に気を抜くという行為《こうい》は、失敗した時の影響範囲《えいきょうはんい》が余りにも大きい。

本人の命のみならず、この城塞都市ジェルムクに駐留《ちゅうりゅう》している全ての兵士は疎か、最終的にはミスト王国に暮らす全ての人々の生命と財産にも影響を与《あた》えかねないのだ。

勿論それは極論ではあるだろう。

しかし、そう言った最悪の事態を想定し、新人を教育する事こそが、歴戦の勇士である彼の役目とも言える。

言わば、愛の鞭《むち》といった所だろうか。

だが、そういった気遣《きづか》いや愛情は、どういう訳か相手に届かない事の方が常だ。

そして今回も、残念な事にトニーには届かなかったらしい。

「先輩は気にし過ぎっすよ……てか、ブリタニアが俺達《おれたち》を攻めて来るなんて有り得ないでしょ？　国の大きさを考えてくださいよ、国の大きさを……余程《よほど》の馬鹿じゃなければ、連中がミストに攻め寄せて来る筈がないでしょう？」

そう言ってトニーは嗤った。

それは、実に小憎《こにく》らしい態度。

平民出身の癖《くせ》に、どうやらトニーにはある程度の学があるらしい。

生まれは商家か、豪農《ごうのう》といった所なのだろう。

少なくとも、トニーの言う国力差の話をする為には相応の知識が必要になるのだから。

それは、文字も読めない様な無学な平民には、到底《とうてい》出来ない考え方であり発想。

ただ、そんなトニーに対して向けられるのは、賞賛でも賛同でもなかった。

「馬鹿野郎が……何が国の大きさが違《ちが》う……だ。そんな事言って油断していたら、あの国の化け物共が襲《おそ》い掛かってきた時に、お前なんかあっという間に殺されるぞ？」

そう言うと、その兵士は冷たい視線をトニーへと向けた。

確かに、ブリタニア王国を始めとした南部諸王国を構成する国々は、大陸東部の三分の一を占めるミスト王国から見れば、吹《ふ》けば飛ぶような小国だろう。

そして、国土の広さは、国力に直結する重要な要素。

実際、ミスト王国と隣国ブリタニア王国とは、隔絶《かくぜつ》した国力の差が存在している。

しかし、戦は何も国土の大きさだけで勝敗が決まる訳ではない事を、彼の兵士は経験と本能に拠って理解していた。

もしトニーの言葉が正しいのであれば、ミスト王国は当の昔にブリタニア王国を占領する事が出来ていた筈なのだから。

しかし、現実は違う。

ミスト王国は未だにブリタニア王国を占領出来ていないし、南の国境地帯には、有事に備えて大量の兵士を駐留させているのだ。

それは、海上貿易で莫大な富を築いているミスト王国にとっても決して軽くない負担。

ミスト王国の上層部も、そんな負担を削減《さくげん》したくない訳が無い。

それにも拘わらず、今もまだ大量の兵士を張り付かせているという事実が、ミスト王国の警《けい》戒度《かいど》の高さを如実《にょじつ》に表していると言っていいだろう。

「何なんですか？　化け物って……確かに昔爺様《じいさま》にそんな様な話を聞かされた事がある様な気もしますけど……」

その問いに、兵士は深いため息をついた。

「そうか……お前さんの年齢だと、知らないのか……」

その言葉に含まれているのは時の流れという物に対しての寂寥感《せきりようかん》だろうか。

そして兵士は、トニーに対してブリタニア王国という国が秘《ひ》めた恐《おそ》ろしさを伝えようと徐《おもむろ》に口を開く。

それが老兵の役割だと思ったのだろう。

だが、その想《おも》いは永遠に果たされる事は無かった。

何処《どこ》からともなく飛来した矢が、兵士の頭部を射貫《いぬ》く。

それと同時に兵士の体がまるで糸の切れた人形の様に倒《たお》れ伏《ふ》した。

兵士が身に付けていたのは、ミスト王国が一般兵に配布した革製の兜だが、残念な事に飛来した矢を防ぎ止めるには力不足だったらしい。

「え……？」

トニーの口からそんな言葉が零れた。

それは実に間抜《まぬ》けな言葉。

指導してくれていた中年の兵士が既に死んでしまっているのは、実戦を知らぬトニーの目にも明らかなのだから。

しかし、トニーはそんな兵士に駆《か》け寄る事も出来ず、ただ茫然《ぼうぜん》とその場に立ち尽《つ》くす。

トニーの脳が、目の前で起きた状況《じょうきょう》を理解出来ないのだろう。

それは、戦場という現実を知らない兵士には良くある事。

兵士としての覚悟《かくご》や心構えが足りないと言えばそれまでだ。

とは言え、やはり戦場という場所は、日常とは明らかに異なるのだろう。

しかし、そんな茫然自失《ぼうぜんじしつ》となって立ち尽くすトニーにも、死神の鎌《かま》は容赦《ようしゃ》なく襲い掛《か》かって来た。

無数の矢が天空を覆い尽くす。

それは、太陽の日差しすらも遮《さえぎ》り、城塞都市ジェルムク城壁《じょうへき》を守る兵士達《へいしたち》に向かって降り注いでくる。

そして、その中の一本が粗末《そまつ》な鎧《よろい》に守られたトニーの胸部を射貫《いぬ》いた。

「何だよ……これ……」

肺腑《はいふ》を抉《えぐ》られたのだろう。

トニーの口いっぱいに錆《さ》びた鉄の味が広がる。

そして、腹の奥底《おくそこ》から込み上げてくる不快感。

それは、生暖かくドロッとしており、到底《とうてい》飲み込む事が出来ない。

やがて、全身から力が抜けていった。

それは言うなれば、酒を飲み過ぎた際の酩酊《めいてい》にも似ている。

そして、遂にトニーは自分の体を支える事が出来なくなり、膝《ひざ》から床《ゆか》に崩《くず》れ落ちた。

（死ぬ……のか？）

櫓の床板の冷たい感触《かんしょく》。

その時、再び放たれた矢が櫓の中に飛び込んでくる。

そして、その一本が床に倒れるトニーの頬《ほお》を掠《かす》めた。

しかし、今のトニーにとっては、頬から流れ出る血潮も大した事ではない。

「ブリタニア王国だ！　ブリタニアが襲い掛かって来たぞ！」

「城門を閉じろ！　急げ！」

何処からか、そんな叫《さけ》びがトニーの耳に飛び込んできた。

（ブリ……タニア……本当にブリタニアの糞野郎共が襲ってきたのか？）

その胸中を過るのは、先ほどまで鬱陶《うっとう》しい存在でしかなかった先輩兵士の忠告。

そして、祖国に対しての義務感だろうか。

もっとも、既にトニーの心臓はその鼓動《こどう》を止めようとしており、今更《いまさら》立ち上がって任務を果たす事など出来る筈もない。

（糞《くそ》……俺が……俺が……もっと真面目に見張りをしていれば……）

勿論《もちろん》、こうなった原因はトニーだけの責任ではないだろう。

確かに、周辺の警戒を行うのは櫓に配属されたトニーの役目ではある。

とは言え、広大な敷地《しきち》面積《めんせき》を誇る城塞都市ジェルムクの城壁の上には、数えきれないほどの物見櫓《ものみやぐら》が設置されているのだ。

そう言う意味からすれば、今回の襲撃《しゅうげき》がトニー一人の責任に帰結する事は無い。

矢の雨が降り注ぐまで警戒を告げる銅鑼《どら》が鳴らなかった事から見ても、襲撃者達《しゅうげきしゃたち》の奇襲《きしゅう》は、余程迅速《よほどじんそく》だったのだろう。

しかし、だからと言って当事者であるトニーの心が晴れる事は無かった。

死という現実を前にして、トニーの心を占めるのは後悔《こうかい》の二文字。

(駄目《だめ》だ……此処《ここ》で死んだら俺は……ただの間抜けだ……)

それは、国を愛する国民の義務感。

或《ある》いは、祖国防衛を担《にな》う兵士としての責任感。

ただ、どちらにせよ、トニーはその瀕死《ひんし》の体に鞭打《むちう》ちながら、必死で立ち上がろうとする。

とは言えそれは、単なる自己満足でしかない。

今更トニーが立ち上がろうとも、現状には何の影響も及《およ》ぼさないのだから。

しかし、そんな事は今のトニーには関係なかった。

そして、トニーは腰《こし》から剣《けん》を抜くと、それを杖《つえ》代わりにして体を持ち上げる。

その時、トニーは眼下に押《お》し寄せる兵士達が掲《かか》げた旗に縫《ぬ》い取られた紋章《もんしょう》を目にした。

「向かい合う二匹《にひき》のグリフォン……本当にブリタニアの……」

それは、隣国《りんごく》ブリタニア王国が誇る鷲獅子騎士団《グリフォンナイツ》の紋章。

そしてそれは、この襲撃者《しゅうげきしゃ》がブリタニア王国軍である事を示唆《しさ》している。

だがその時、トニーは遥か遠方に待機している部隊の存在に気が付いた。

そして、その部隊の頭上に翻《ひるがえ》る旗に刻まれた紋章を見て違和感《いわかん》を覚える。

（あれは……？　何処《どこ》の部隊だ？　ブリタニア……の兵なのか？）

勿論、かなり距離《きょり》がある上に、瀕死の状態で霞《かす》む目は、その旗を鮮明《せんめい》に映し出す事は出来なかった。

しかし、明らかにその一団からは、ブリタニアの兵士とは違う何かを感じる。

その時、神の悪戯《いたずら》かトニーの目に、一瞬《いっしゅん》だがその一団が掲げる旗の紋章が鮮明に映った。

だがそれを見た瞬間《しゅんかん》、トニーは言い知れない恐怖《きょうふ》に襲われる。

トニーの体から、命の灯《ひ》が消えようとしていた。

そして、薄《うす》れゆく意識の中、トニーは自らが目にした紋章を繰《く》り返し確認し続ける。

それは、決してあり得ない事態。

（馬鹿な……あれは……あの紋章は……）

何故《なぜ》ならトニーが目にした狼《おおかみ》の紋章を掲げるのは、ブリタニア王国の隣に位置する、戦狼の国とも呼ばれるタルージャ王国の軍なのだから。

（なんだってこんなところにタルージャの軍が……ブリタニア王国の領土を通って来たっていうのか？　まさか……そんな事が）

しかし、トニーの目の前で起きている現実を見れば、そう判断するしかない。

そしてそれは、この西方大陸における戦の流れが、新たな局面に移行した事を如実に示唆していた。

そして、その可能性を察したトニーは、必死で声を上げようとする。

（この事を誰かに伝えなければ……）

だが、既になけなしの体力と気力を振《ふ》り絞《しぼ》ってしまったトニーの体は、岩の様に固まってしまい動こうとはしない。

だから薄れゆく意識の中、トニーは必死で神に祈《いの》り続けた。

一分一秒でも早く、誰かが狼の紋章の存在に気が付いてくれる事を。

今のトニーには、そうするより他に何も出来る事は無かったから。


城塞都市ジェルムクがブリタニア王国軍の襲撃を受けてより、十日が経過しようとしていた。

その日、亮真が占有《せんゆう》している王城の執務室に、一人の兵士が駆け込んできた。

「ミスト王国南部の国境付近で戦だと？」

ザルーダ王国への援軍を送る為の様々な調整を行っていた亮真は、その兵士の口から告げられた思いもよらない報告を聞き、刃《やいば》の様な冷たい視線をその兵士へと向けた。

その目に含まれているのは、その情報が正しいのかという問い。

何しろ、間違いでしたでは済まない話なのだ。

多少、亮真の確認に威圧的《いあってき》な空気が含まれているとしても、それは致し方ないだろう。

だが、そんな亮真の態度にも臆《おく》する事なく、その兵士は言葉を続ける。

「はい、先ほどミスト王国より使者が参りまして、火急の謁見《えっけん》を望んでおります」

それは、自らの報告が正しいものであるという確信に満ちた言葉。

少なくとも、単なる聞き間違いなどという事態ではないらしい。

だから亮真は、手にしていた書類の束を机の上に放り出すと、駆け込んできた兵士に向かって命じる。

「分かった……直《す》ぐに会おう。連れてきてくれ」

その言葉に、兵士は小さく頷《うなず》くとすぐさま部屋を後にする。

そして数分後、兵士は一人の男を伴《ともな》って、再び執務室の扉《とびら》を叩《たた》いた。

「挨拶《あいさつ》は良い……本題に入ってくれ。ミスト王国の南部で戦というのは本当の事なのか？」

エクレシア・マリネールより派遣されてきたという使者が、亮真の剣幕《けんまく》にたじろぎながらも、懐《ふところ》から一枚の書状を取り出した。

「詳細《しょうさい》はこちらに……」

そう言って差し出された書状を奪《うば》い取る様に受け取ると、亮真は直ぐに開いて中身に目を通し始める。

そしてそこには、亮真が予想もしなかった事態が記されていた。

（これはいったいどういう事だ？　ついこの前はザルーダ王国ではオルトメア帝国が再侵攻を開始し、今度は南部諸王国が動き始めたというのか？）

それは偶然《ぐうぜん》というには、あまりにも都合が悪い不運。

神を呪《のろ》いたくなるのも当然と言えるだろう。

しかし、亮真は直ぐに思考を切り替《か》える。

（いや、今は理由を考えている場合じゃない。優先するべきなのはこの事態に対して、どう対処するか……だ）

勿論、亮真も人間だ。

冷静にならなければならない事は分かっているが、人の感情は電灯の様に、ＯＮ／ＯＦＦを切り替える事など出来る筈もない。

今回の様な窮地《きゅうち》は特にだ。

正直に言えば、机を叩いて怒《いか》り狂《くる》い、この不条理な状況を嘆《なげ》きたいというのが本音だった。

だが、それは大公というローゼリア王国最高位の貴族になった御子柴亮真という男には許されない振る舞《ま》いである事も理解している。

船長が航海中に嵐に見舞《みま》われた際に、その不運を嘆くだけで、何の対策も取らなければ船が沈没《ちんぼつ》してしまうのと同じだ。

どれほど不条理であっても、目の前の問題に対して最善を尽くす事。

それこそが人を導く立場に就《つ》いた人間の責務なのだ。

（幸い、今のところは城塞都市ジェルムクに配置されていた国境守備隊がなんとか防いでいるようだ。だが……ミスト王国の王都より、使者がこの王都ピレウスに到着するまで、十日は過ぎている事を考えると……最悪の場合、既《すで》に国境線が破られミスト王国の領内に敵兵が雪崩《なだ》れ込んでいる可能性もあるか……？）

　この大地世界では、リアルタイムの情報伝達など望むべくもないが、それにしても制限がありすぎるのは事実だ。

「下手をすると……王都近郊《きんこう》まで攻め込まれているという可能性も捨てきれないか……」

　それはまさに、ミスト王国の存亡に関わる事態だろう。

　勿論、その可能性が低い事は亮真も分かってはいる。

『暴風』の異名を持つエクレシア・マリネールを筆頭に、ミスト王国には武勇や策謀に長《た》けた武将達が多く存在しているのだ。

　その彼等が何の対策も打たない筈はない。

　とは言え、絶対にありえないと言い切れないのも確かだ。

　そして、亮真の呟《つぶや》きを聞いてしまった使者の顔にも、不安と焦《あせ》りの色が見て取れる。

　いや、不安と焦りを隠《かく》しきれないのは使者である彼だけではない。

　亮真の護衛役として部屋に残って成り行きを見守っていた兵士の顔もまた、同じ様に青ざめている。

　特別な教育を受けていない一般《いっぱん》の兵士であっても、今の状況がただ事ではない事を認識《にんしき》は出来るらしい。

　論理的な思考は苦手でも、動物的本能で危機を察知しているのだろう。

（まぁ、当然だな……）

身分が低いという事は、このローゼリア王国では弱者に分類される。

そして、そんな弱者が生き残るためには、何よりも危機管理能力を磨《みが》かなければならないのだ。

それは、嵐の前触《まえぶ》れを察知して身を隠す鼠《ねずみ》や兎《うさぎ》の様なものだろう。

とは言え、何時《いつ》までも彼等の不安に付き合っている時間はない。

そして、亮真は苦虫を噛《か》み潰《つぶ》した様な表情を浮かべながら、ミスト王国が派遣した使者に対して、報告を続けるように命じた。

とは言えそれは、エクレシアが書き送ってきた書状に記載《きさい》されている内容と大きな違いはない様だ。

(なるほど……大筋正しい情報みたいだ……)

念《ねん》の為の裏取りとして、使者に口頭での報告を続けさせたのだが、書状に書かれた内容と使者の報告に大きな差がない以上、齎《もたら》された情報は正しいと判断していいだろう。

何しろ、この使者が何処かの国の回し者であるという可能性だって捨てきれないのだ。

(エクレシアさん用に、機密保持用の法具を準備しておくべきだったな……)

とは言えそれは今更言っても後の祭りだ。

(まぁ、今出来得る限りの確認はしたし、書状の記載と話の整合性も取れているから、この男が他国の工作員である可能性は低いが……それはそれで最悪だがな……)

そして、使者の報告を聞き終えた亮真が徐に口を開いた。

「ミスト王国の国境付近で集結し始めていたのは、ブリタニアとタルージャの兵で間違いないのか？」

それは、既に書状にも書かれた情報。

しかし、この情報が正しいかどうかで、今後の対応方針が変わってきてしまう以上、何度でも確認しなければならないだろう。

しかし、使者の回答は無情だった。

「はい、我《わ》が国《くに》の斥候《せっこう》が、彼の軍が掲げる旗を確認しております。今頃《いまごろ》は守備隊が城塞都市ジエルムクに立て籠《こ》もり、援軍を待っているのではないかと……」

その言葉に、亮真の唇から鋭い舌打ちが零れた。

それは本来、有り得ない状況。

とは言え、幾《いく》ら有り得ない状況であっても、現実に起こってしまえば、対処しない訳にはいかないだろう。

亮真は今後の対応策を考える為に、使者達に退室を命じる。

そして、執務室《しつむしつ》に一人残された亮真は、宙を見上げながら思考を進めていく。

(ザルーダ王国への援軍を送り出そうという状況でこれか……つい数日前には、エルネスグーラ王国とキルタンティア皇国の国境線が騒《さわ》がしくなって来たとシモーヌから報告が来ているっていうのに……)

元々、エルネスグーラ王国はキルタンティア皇国とオルトメア帝国の両方と戦をしている。

そう言う意味からすれば、エルネスグーラ王国の西の国境地帯に、キルタンティア皇国の軍が駐留を始めたというのも、何の不思議もないだろう。

以前、オルトメア帝国がザルーダ王国へ侵攻した際も、キルタンティア皇国は軍を動かし、オルトメア帝国とエルネスグーラ王国の両方へ圧力を掛けてきたのだから。

勿論、全面戦争にならない程度の軍団規模ではあったが、その所為《せい》で両国の軍事行動に様々な制約が生じたのは事実だ。

そういう意味からすれば、エルネスグーラ王国からザルーダ王国へ派遣される援軍は、キルタンティア皇国の出方を見定めてからという話にもなりかねない。

（そこに来てこれだ……）

様々な問題が一挙に噴《ふ》き出し、抑《おさ》えが利《き》かなくなってきている。

その中でも、特に亮真が問題視しているのはタルージャ王国の参戦。

（ブリタニア王国だけならばまだ分かる……）

だが、タルージャ王国とミスト王国は国境線が接していないのだ。

つまり、ブリタニア王国とタルージャ王国は、ミスト王国との戦に向けて、同盟を組んだという事に他ならないだろう。

（こんな事が起こり得るのか？　偶然？　単に運が悪いだけ？）

そんな疑問と嘆きが脳裏《のうり》を過る。

しかし、亮真の冷徹《れいてつ》な頭脳は、その考えが間違っている事を本能的に察していた。

（馬鹿な……偶然の筈《はず》がない……だが、誰だ？　誰が絵を描いた？）

亮真の脳裏に、次々と今回の絵を描いた可能性のある人物の名前が浮かんでは消えていく。

（オルトメア帝国《ていこく》ならシャルディナか？　いや、オルトメアが首謀者《しゅぼうしゃ》の訳がない。あの国と南部諸王国は国境をめぐる小競《こぜ》り合いが絶えない関係。そう簡単に手を結べるとは思えない。その上、キルタンティア皇国がエルネスグーラ王国の国境付近に駐留しだしたというのも、俺達にとってあまりにもタイミングが悪すぎる。だが、オルトメアとキルタンティアは大陸の覇権を掛けて矛を交える不倶戴天《ふぐたいてん》の仇敵《きゅうてき》……南部諸王国と連携する以上に交渉は難しいはずだ……ならば偶然なのか？　いや、違う！　そんな訳がない）

次々と浮かんでは消えていく可能性。

そしてそれは、遠く離れたミスト王国で、エクレシア・マリネールが抱《いだ》いたのと同じ疑問。

とは言え、その疑問を今の段階で解消する術はないのだ。

（ならば、やれる事をやるしかない……か。だが、本当にそれ以外に道はないのか？）

亮真の脳裏には既に、対応策が浮かんでいた。

とは言えそれは、決して好ましい選択肢《せんたくし》ではない。

何しろそれは、ザルーダ王国への援軍《えんぐん》を後回しにするという非情の策なのだから。

（とは言え、オルトメア帝国の侵攻《しんこう》に晒《さら》されているザルーダ王国への援軍よりも、ミスト王国の対応を優先するべきだ……）

西方大陸東部に割拠する、ローゼリア王国、ザルーダ王国、ミスト王国の三王国が保有する国土は皆《みな》、同じ様に南北に細長い形をしている。

だが、オルトメア帝国や南部諸王国といった敵対勢力に国境線をもっとも接しているのは、ザルーダ王国だ。

ローゼリア王国とミスト王国も、南方の国境線が南部諸王国と接してはいるものの、その面積は極めて小さい。

また、ミスト王国の東側は大海に面している。

そして海という領域は、将棋《しょうぎ》やチェスを例に考えると、東側から敵の攻撃《こうげき》を受ける可能性が低いという意味に於《お》いて、盤《ばん》の外に似ている。

勿論、チェスの盤外とは違い、絶対に海側から敵の攻撃を受けないと言い切れる訳ではないのは確かだ。

船を用いれば、海岸線の何処からでも兵をミスト王国領内に侵入《しんにゆう》させる事が出来るのだから。

だが、ミスト王国には西方大陸でも最強と目される海軍が存在している。

(ミスト王国の海軍の実力が噂《うわさ》通りのものであるなら、まず問題はない筈だ……)

そう考えた時、ミスト王国が抱《かか》える戦線はブリタニアとタルージャの連合軍が攻《せ》め寄せている南部方面のみという事になる。

それに比べると、ザルーダ王国側の戦線は遥かに広い。

オルトメア帝国との戦線だけで、ミスト王国が抱える戦線の倍以上の長さになる。

(それに、ザルーダ王国の場合、敵がオルトメア帝国だけで済むかどうかは分からないからな……最悪、南側から南部諸王国の軍が北上してくる可能性だって考えられるだろう……）

勿論、そうなると決まっている訳ではない。

しかし、総合的に考えると、戦線の縮小を最優先にするべきなのは自明の理だろう。

（だが、ザルーダ王国側を先に救援《きゅうえん》した場合、その戦線の縮小が難しくなる）

ミスト王国としても、ブリタニアとタルージャの連合軍が攻め寄せている最中に、ザルーダ王国へ援軍を派遣《はけん》するのは躊躇う筈だ。

いや、もし仮に派遣したとしても、それは極めて規模が小さくなるだろう。

（状況的《じょうきょうてき》に見て、俺《おれ》とエレナさんがザルーダに援軍として赴いた際に率いた兵数と同じくらいの規模だろうな……）

一個騎士団二千五百か、多くても二個騎士団五千と言ったところだろうか。

しかしそれでは、二十万を超えると言われるオルトメア帝国軍を迎え撃《う》つ事はまず不可能。

言い方は悪いが、居ても居なくてもさほど戦況《せんきょう》に影響《えいきょう》を与える事は出来ない。

確かに前回の戦では勝利を得はしたが、それはあくまでも亮真が敵の補給線を断《た》つという奇《き》策《さく》を成功させたからに過ぎないのだ。

だが、だからと言ってミスト王国から派遣される援軍の将に、亮真と同じ奇跡《きせき》を起こして見せろと言うのは流石《さすが》に無茶《むちゃ》ぶりが過ぎる。

（そうなると、どうしてもエルネスグーラの援軍が必要になるが……）

エルネスグーラ王国の援軍が早々に到着《とうちゃく》すれば戦況が有利になる事は亮真も分かっている。

だが、キルタンティア皇国の動向が不明な状況で、何時到着するかは博打《ばくち》でしかないのだ。

(もし、エルネスグーラ王国の援軍が到着しなければ……最悪、俺とザルーダ王国軍だけでオルトメアと戦う羽目になるが……まぁ、焼け石に水だろうな……)

亮真がザルーダ王国へ派遣しようと考えていた兵数は三万程《ほど》。

一貴族家が他国に派遣出来る兵力としては極めて膨大《ぼうだい》な戦力と言える。

(しかしこの程度の兵力では、如何《いか》にうちの兵士が精強とは言え、勝利するのは難しいだろう……な)

勿論、亮真は自分が育て上げた御子柴家の兵士達が持つ力量に自信を持っている。

何しろ、全員が武法術を会得《えとく》している上に、リオネ達から傭兵《ようへい》が身に付けている戦場の生き抜《ぬ》き方というものを徹底的《てっていてき》に叩き込まれた精兵達なのだ。

正確なところは分からないが、亮真の見たところ、御子柴家の兵士一人で他家の騎士《きし》の四〜五人分の戦力に匹敵《ひってき》するだろう。

そういう意味からすれば、オルトメア帝国軍が二十万でも、ザルーダ王国の兵力とミスト王国の援軍を合わせれば、現状でも勝算がない訳ではない。

(だが、それはあくまで、オルトメア帝国に増援《ぞうえん》がない事が前提の話……)

そして、今の状況では、オルトメア帝国側に他国からの増援が来ないとは言い切れないのだ。

勿論、これがローゼリア王国領内での戦であれば、亮真としても否《いや》も応もなかっただろう。

仮にオルトメア帝国に他国の増援があったとしても、その状況では戦略に依《よ》る戦況の打開はまず不可能なのだから。

勝てる戦略を考えるのではなく、乾坤一擲《けんこんいってき》の戦術に全てを賭《か》けるしかないだろう。

しかし、戦場がザルーダ王国領内となると、話は大分変わってきてしまう。

ましてや、勝利に結びつく戦略が有るとなれば、尚《なお》の事《こと》、ミスト王国への援軍を優先させる事になってしまうのは当然と言えるだろう。

(ただ問題は、それを選んだ際に生じるザルーダ王国側の心理だ……)

亮真が主導して成立させたエルネスグーラ王国を盟主とする四ヶ国連盟《よんかこくれんめい》は通商条約が基盤《きばん》だが、同時に安全保障条約としての側面も持っているのだ。

だから、亡国の危機に瀕《ひん》しているザルーダ王国としては、自国を守る為に援軍を要請《ようせい》するのは当然だし、他の三ヶ国もその要請に応える義務が出てくる。

(その義務が果たされないとなれば……)

状況次第《じょうきょうしだい》では、ザルーダ王国がオルトメア帝国に降伏《こうふく》するという選択肢《せんたくし》を選ぶ可能性も出てくるだろう。

たとえ属国になったとしても、ザルーダ王国という国が消えてなくなるよりましと考える人間が出てきても何の不思議はないのだから。

(それを防ぐ為には、こちらの覚悟を見せる必要があるだろうな……)

そしてその覚悟とは、兵士と物資、そして軍資金の提供だ。

(幸いな事に、シモーヌが稼《かせ》いでくれたおかげで資金は潤沢《じゅんたく》にある……装備の方も、北部征伐《せいばつ》

の為にメルティナ達がローゼリア中から物資をピレウスに掻《か》き集めていた筈だから、それを提供すれば良いだろう）

勿論、一番良いのはオルトメア帝国軍と互角《ごかく》に渡《わた》り合える規模の援軍を派遣する事なのは間《ま》違《ちが》いない。

だが、それが不可能であるならば、次善の策としてとれるのは、物資と軍資金の提供をしつつ時間を稼ぎ、その間にブリタニアとタルージャの連合軍を壊滅《かいめつ》させ、返す刀でザルーダ王国へ向かうという策に懸けるしかないのだ。

もっともそれは、かなり分の悪い賭け。

勝利の道筋が立ったとはいえ、それはあくまでも全てが理想的に推移した場合の話でしかないのだから。

（場合によっては、ジョシュアさん達をローゼリア王国に亡命させるしかないだろうな）

そして問題は、そんな分の悪い賭けをザルーダ王国軍と連携しつつ、潮時を見極《みきわ》める事の出来る目を持つ人間が居るかどうかという点だろう。

とは言え、亮真は既にその人物の名を思《おも》い浮《う》かべていた。

（あの人に頼《たの》むしかない……か）

それはある意味、死地に赴けと命じるのに等しいだろう。

しかし、彼女《かのじょ》であれば生き残る可能性は残されている。

（そう……【紅獅子《べにじし》】のリオネなら……）

そして亮真は、卓上《たくじょう》に置かれた呼《よ》び鈴《りん》を鳴らした。
自らが信頼《しんらい》を寄せる仲間達と、新たなる戦場へ赴く為《ため》に……。

エピローグ

ミスト王国からの知らせが亮真《りようま》の下へ届けられてから数日が経《た》った。

此処は、王都ピレウスの一角に設けられた、旧ザルツベルグ伯爵邸《はくしやくてい》の一室。

時刻は昼頃《ひるごろ》だろうか。

先ほどまで、ザルツベルグ伯爵邸の中庭で運動を行い軽く汗《あせ》を流した後、大理石で飾《かざ》られた浴場でさっぱりとした飛鳥《あすか》は、自室に戻《もど》り来客を出迎《でむか》える為の準備を始めていた。

（本来なら、自分の屋敷《やしき》を持つべきだと思うけど……ね。まぁ、そういう意味からすると、私自身が亮真に寄生していると批判されても仕方がない訳だけど……）

そんな思いが、飛鳥の胸中に過る。

普通《ふつう》に考えて、既にローゼリア王国の中でも最高位と言われる大公位に陞爵《しようしやく》したにもかかわらず、御子柴《みこしば》亮真が未《いま》だにザルツベルグ伯爵邸を間借りしているというのも外聞の悪い話ではあるのだ。

経費削減という意味合いからすると、それはそれで間違っている訳ではないのだが、あまり外聞の良い状況でないのは確かだろう。

（たとえると、年商何千億円という様な一流企業《いちりゆうきぎよう》の社長さんが、安アパートに暮らす両親と同

居している様な物だものね……多分だけど）

勿論、それが適切な喩えかどうかは飛鳥には分からない。

飛鳥はこの大地世界《アース》の貴族社会における常識というものを、未だに理解しきれていないのだから。

言うなれば、勝手なイメージによる憶測《おくそく》でしかないのだ。

とは言え、それでも好ましい状況であると言えない事だけは理解していた。

（もし、亮真が自分の屋敷を構えたら、私もお風呂《ふろ》に一人で自由に入れる様になるのかな？）

一瞬、そんな疑問が飛鳥の胸中を過る。

浴場では、ザルツベルグ伯爵家《はくしゃくけ》に仕える使用人達が、飛鳥の全身を丹念《たんねん》に洗い、香油《こうゆ》まで塗《こ》り込んでくれた。

それは、現代社会で生きてきた飛鳥にしてみれば、最上級のもてなしと言えるだろう。

文字通りの上げ膳据《ぜんす》え膳《ぜん》の生活。

言うなれば、高級エステに毎日通い、コンシェルジュが居る三ツ星ホテルで暮らすのにも似ているだろう。

或いは、家庭料理に食べなれた人間が、ある日突然《とつぜん》、三食全てが最高級フランス料理に変わったようなものだろうか。

勿論、飛鳥は自分が周囲から大切に扱《あつか》われていることは分かっている。

それが、この大地世界でも極めて限られた人間しか享受《きょうじゅ》できない待遇《たいぐう》である事もだ。

だが、同時に居心地《いごこち》の悪さを感じなくもないのだ。

（待遇が良すぎるって、逆に何か違和感を持っちゃうんだよね……）

飛鳥の家である桐生家《きりゅうけ》は、世間一般から見れば十分に裕福《ゆうふく》な家庭だ。

だが、それはあくまでも日本という国の尺度での話。

それこそ、ＳＮＳを賑《にぎ》わせている様な、桁外《けたはず》れの富裕層《ふゆうそう》と比較《ひかく》すれば、十分に慎《つつ》ましい生活だと言えるだろう。

そして、今の飛鳥が置かれている環境《かんきょう》は、どちらかと言えば、そういった桁外れな富裕層の生活に近い。

（日本で暮らしていた時は、ただの高校生だから当たり前っちゃ当たり前だけど……）

一度や二度であれば、飛鳥もこんなふうに思い悩《なや》むことはなかっただろう。長い人生の中で、良い夢を見せて貰《もら》えたという風に思って終わりだ。

しかし、どれほど良い夢も日常的となると話は大きく変わってくる。

（でも、このローゼリア王国のみならず、大地世界の貴族社会においては、風呂を自宅に持っている様な人間が、自らの手で体を洗う事はまずないって話だし……ユリアさんからも、言われちゃってるみたいだし……）

そして、桐生飛鳥という少女は、本人が好むと好まざるとに拘《かか》わらず、貴人というカテゴリーに属する人間である以上、仕方がない事だと言えるだろう。

だが、日常的にとなるとやはりストレスが溜《た》まる。

勿論、これが女性と男性の考え方の差なのか、飛鳥の性格によるものなのかは分からない。

(でも、聞いたところによると、亮真は自分一人で入ってるらしいんだけど……何で私はダメなんだろう?)

先日、当の本人から聞き出したのだから間違いではない筈だ。

しかし、飛鳥が自分も一人で入りたいというと、どういった訳なのか皆が反対する。

(まぁ、確かに、メイドさん達の仕事を奪ってしまうと言われれば、その通りなのかもしれないけれども……)

それを言ったら、亮真が一人で湯浴《ゆあ》みをするのはいいのかという事になるが、そこは男女の差という事で押し切られてしまう。

しかし、飛鳥の性格からすると、中々はっきりと断る事が難しいのだ。

(まぁ、絶対に嫌だとは思わないから、良いって言えば良いんだけど……それに、屋敷の皆さんが精いっぱいもてなそうとしてくれてることが分かるだけに無下にするのも……ね)

(そういう意味からしても、亮真が自分の屋敷を構えてくれた方が良いんだよね……まぁ、購《こう》入《にゅう》するにせよ、新しく建てるにせよ、現状だと無理だとは思うけれど……ね)

今の御子柴亮真には体裁《ていさい》を整える暇《ひま》など存在しない事を、桐生飛鳥は十分に理解している。

何しろ、先日公表されたオルトメア帝国に依《よ》るザルーダ王国再侵攻の対応だけではなく、東の隣国であるミスト王国からも、急報が齎されたのだから。

物理的に、今の亮真に御子柴大公家の王都での屋敷をどうするかなど、考える暇など無い。

大公位に相応《ふさわ》しい屋敷を建てる余裕《よゆう》があるのならば、その分を軍備に回したいというのが本音だろう。

平時であれば、屋敷の豪華《ごうか》さは権力や富の象徴《しょうちょう》として有効だが、戦時においては無用の長物でしかない。

そしてそのことを、この屋敷に住まう誰《だれ》もが多かれ少なかれ理解している。

実際、今もこの屋敷の一角では、ミスト王国からもたらされた急報の対応策を検討しているのだから。

当然、屋敷の中の空気は張りつめている。

だがそんな屋敷の中で、この部屋の空気だけは対照的に華《はな》やいでいた。

それは、この部屋の主である桐生飛鳥の心理状態に因るものだろう。

勿論、飛鳥自身も出来得る限り自重はしている。

だがそうはいっても、この大地世界に召喚《しょうかん》されて以来、最も長い時間を過ごした恩人達の訪問を前にして、心が浮き立つのは当然と言えるだろう。

その為に、飛鳥は態々《わざわざ》無理を言ってザルツベルグ伯爵邸の厨房《ちゅうぼう》を借り受け、鮫島《さめじま》菊菜《きくな》に料理を作って貰ったくらいなのだから。

ただ、それはあくまでも表面的なものに過ぎない。

この部屋には、華やいだ空気の中に、ほんの微《かす》かだが暗い影《かげ》が混じっている。

それは恐らく、飛鳥と共に長い時間を過ごしてきた亮真や浩一郎《こういちろう》であれば感じる事の出来る微かな違和感だろうか。

「うん……問題ないね」

姿見に映った自分の姿を確かめながら、飛鳥は大きく頷く。

その鏡に映るのは、飛鳥がこの大地世界に召喚された際に着ていた学生服。

年齢的《ねんれいてき》には高校を卒業している筈だが、それでもやはり、今の飛鳥にとって最も大事な服装であることに変わりはないのだろう。

お気に入りの絹のリボンで髪《かみ》を留《と》め、何時ものようにポニーテールにしている飛鳥はまさに光《ひか》り輝《かがや》いていると言っていい。

湯浴みも終えて準備万端《じゅんびばんたん》整ったと言ったところか。

とは言え、全く問題がないという訳でもない。

「まぁ、亮真の立場だと仕方ないよ……ね。でも……」

勿論、理性では分かってはいるのだ。

光神教団の動向を探《さぐ》るという事は、御子柴大公家にとっても非常に重要なのだから。

そして、彼《かれ》らの動向を探る上で最も適任と思われる人物が、自分である事も理解はしている。

しかし、納得《なっとく》は出来ない。

そんな微かな棘《とげ》が、飛鳥の心に突《つ》き刺《さ》さっていた。

(まぁ、まだ敵対すると決まっている訳じゃないもの……きっと大丈夫《だいじょうぶ》だよね？)

その時、部屋の扉を誰かが軽くノックした。

「飛鳥お嬢様《じょうさま》。お客様がお着きでございます」

「そう、ありがとう。直ぐに向かうね」

ドア越《ご》しに返事をすると、飛鳥はもう一度鏡の中の自分を確かめ、扉に向かって歩き出した。

自らに与《あた》えられた仕事を果たす為に。


「それじゃぁ、正式にローゼリア王国に留まる許可が、教団から下りたのね」

応接間のソファーに腰かけていた飛鳥は、ロドニー・マッケンナの口から今後はローゼリア王国に駐留《ちゅうりゅう》するという話を聞き、彼女は思わず喜びの声を上げた。

余程《よほど》、ロドニーの言葉がうれしかったのだろう。

その言葉には、ウキウキとした気持ちが満ちている。

（まぁ、王都とウォルテニア半島は比較的《ひかくてき》近いものね……聖都メネスティアに帰っちゃうよりも会える機会が増えるよね）

そんな飛鳥の態度に、ロドニーは苦笑いを浮かべると共に、温かい感情が心の奥底から湧《わ》き上がってくる事を感じていた。

その隣《となり》には、同じように穏《おだ》やかな笑《え》みを浮かべながら、ロドニーの副官であり、異母妹であるメネア・ノールバーグが座《すわ》っている。

「そんなに喜んでもらえると、俺としても光栄だな」

「本当にね」

そういって飛鳥の反応を楽しむかの様に笑う二人。

だが、飛鳥がこれほどまでに喜ぶのも、ある意味当然と言えるのだ。

何しろ、聖都メネスティアは西方大陸の南西部に位置している。

それに対して、飛鳥が今後暮らす事になるのは、亮真の本拠地《ほんきょち》であるセイリオスの街を拠点《きょてん》とした大陸北東部だ。

位置関係的には、ほぼ大陸の反対側という事になる。

そして、移動手段の限られるこの大地世界において、距離という名の壁《かべ》は中々に越《こ》える事が出来ない障害だ。

（聖都から王都まで来るのに、何ヶ月もかかった訳だしね）

光神教団が保有する最高戦力である聖堂騎士として厳しい訓練を積み重ねてきたロドニーとしても、決して楽な道のりではなかった筈だ。

それは文字通り、死の危険を孕《はら》んだ旅路。

少なくとも、飛鳥はロドニー達《たち》がどれほどの警備に労力を費《つい》やしてきたのかを良く知っていた。

なにしろここは大地世界。

法術という特殊《とくしゅ》な技術が存在するとは言え、基本的に地球よりもだいぶ遅《おく》れた文明水準である事は否《いな》めない。

移動手段は徒歩か馬車、もしくは船舶《せんぱく》などに限られている上、街と街を繋《つな》ぐ街道《かいどう》の整備もまちまち。

また、天候や戦争や怪物達《かいぶつたち》の襲撃など、旅を行う上で障害となり得る要素は幾らでも考えられるのだ。

そういった要因を考え合わせると、一度聖都へと戻ってしまえば、再びロドニー達が大陸の北東部まで出向く可能性は限りなく低いだろう。

(場合によっては、俺達《おれたち》とは、永遠の別れになる可能性だって有ったんだから……)

だが、ロドニー達が王都ピレウスに滞在《たいざい》してくれれば、そんな懸念《けねん》は消え去ってしまう。

今までの様に毎日顔を合わせるという事は難しいだろうが、少なくとも定期的に会う事は可能なのだから。

そんな心からの喜びを露《あらわ》にする飛鳥に対して、ロドニーは苦笑いを浮かべる。

そして、ゆっくりと頷いて見せた。

「数日前に、ローランド枢機卿《すうききょう》が教皇聖下と相談して決めたらしい。まぁ、教団から正式な通達が来るまでは暫定《ざんてい》ではあるだろうけれど、ほぼ確定だって話だ」

その言葉に飛鳥は一瞬、小さく首を傾《かし》げた。

地球と違《ちが》い通信手段が限られる大地世界で、これほど早く連絡《れんらく》が取れる方法が思いつかなかったのだろう。

飛鳥の顔にクエスチョンマークが浮かんでいる。

「ローランド枢機卿が教皇と相談？　鳥文《とりぶん》でも使ったのかな？　確かに、馬よりは速く届くかもしれないけれど、それでもそんなに早くメネスティアに居る教皇陛下と連絡何て取れないと思うけれど？」

聖都メネスティアとローゼリア王国の王都ピレウスは数千キロも離《はな》れている。

電話や、メールが使える現代社会であれば何の問題にもならないだろうが、この大地世界でその距離の壁は大きい。

「まぁ、色々と手が有るのさ」

「そうなんだ！」

そういって言葉を濁《にご》すロドニーに対して、飛鳥は朗《ほが》らかな笑顔《えがお》で返す。

多少不可解な点があったとしても、兄貴分と姉貴分が揃《そろ》ってローゼリア王国に駐留するというのは、飛鳥にとって朗報という事なのだ。

何しろ、桐生飛鳥がこの大地世界に召喚されて以来、ずっと行動を共にしてきた庇護者達《ひごしゃたち》なのだから。

勿論《もちろん》、今の飛鳥は祖父である御子柴浩一郎と孫の亮真によって庇護を受けている身ではあるが、だからと言ってロドニー達を蔑《ないがし》ろにするつもりはない。

いや、どちらかと言えば、今までの恩を返す機会がやってきたとすら思っている。

何しろ、一時的にであったとしても、御子柴亮真と光神教団が敵対関係だったのは事実。

今のところは、友好的な関係を築こうとしているが、ちょっとした切っ掛《か》けで、再び敵対関係に陥《おちい》らないとは限らないだろう。

そして、そんな微妙《びみよう》なバランスの上に存在している友好関係を維持《いじ》する為には、定期的な交流が不可欠であり、それを御子柴大公家の中で担《にな》う事の出来る人材と言えば、桐生飛鳥しかいないのだ。

少なくとも、ロドニーやメネアとしても今更《いまさら》、顔も名前も分からない担当者と一から信頼関係を築くよりは、気心の知れた飛鳥を窓口にしてくれた方が遥《はる》かに動き易《やす》いのは事実だろう。

そんな思いから、飛鳥の心は使命感でいっぱいなのだ。

「とにかく、私としては亮真とロドニーさん達とが仲良くしてくれれば一番いいよ」

「まぁ、そうだな……少なくとも教団からは、御子柴殿《どの》と友好関係を築くようにとは言われているからな。確かに不幸な行き違いがあった事は事実だし、直ぐに警戒《けいかい》を解くというのも難しいとは思うが、今のところはそんなに気にしなくとも大丈夫だろう」

「そうなんだ……それって駐在大使《ちゆうざいたいし》みたいなもの？」

それは何気ない問いかけ。

先日、飛鳥が亮真に聞いた限りだと、立場的には外交官に近いのではないかと言われたものの、本当のとこは良く分からないと言われたから、本人へ確認《かくにん》しようとしただけのことだ。

しかし、続いてロドニーの口から放たれた言葉を聞き、飛鳥の表情は曇《くも》る。

「駐在大使か……どうかな？　大使というとかなり権力があるからな……その言い方だと、正直に言って微妙なところだな……まぁ、一種の雑用係兼《けん》何でも屋みたいなものさ」

そう言って肩《かた》を竦《すく》めて見せながらロドニーは笑みを浮かべた。

もっとも、当人の言葉や表情には、格別悲観の色はなかった。

実際、教団は国家ではないので、駐在大使という役職は無いのだ。

強《し》いて言えば、各教区を治める大司教や大神官と呼ばれる人間が、そういった外交を担っているが、それだって正式なものではない。

そういう意味からすれば、元は聖堂騎士団《きしだん》の団長を務めた人物であるとはいえ、ロドニーの教団内での正式な身分は、あくまで一介《いっかい》の騎士でしかないのだ。

その事を考えれば、飛鳥のいう駐在大使という言葉がふさわしくないというのは正しい認識だろう。

だが、それにもかかわらず御子柴大公家やローゼリア王国に対してある程度の自由裁量権を持っているという意味からすると、雑用係兼何でも屋というロドニーの言葉は正しい状況《じょうきょう》認識《にんしき》と言えなくもない。

とは言え、光神教団としてもロドニー・マッケンナという男の能力を理解しており、重宝しているというのは事実だし、それはロドニーもメネアも分かっている。

だが、言葉の響《ひび》きからマイナスのイメージが付くのも事実なのだろう。

少なくとも第三者の視点から見て、あまり良い言葉に聞こえないのは明らかだった。

「雑用係兼何でも屋……それってまさか左遷《させん》されたって事なの？」

飛鳥は不安そうに問い掛ける。

恩人であるロドニー達が左遷されたかもしれないなど、飛鳥にとっては大問題だ。

（まさか、私が逃《に》げ出した所為？）

その疑問が飛鳥の心を掻き乱す。

勿論、飛鳥の存在はロドニー達の手によって、極力周囲に隠されてきた。

表向き、桐生飛鳥はロドニー達が保護した裏大地世界《リアース》出身の単なる少女でしかない。

少なくとも、御子柴亮真と血縁関係《けつえんかんけい》である事を知っているのは、ロドニーとメネアの二人だけであり、ローランド枢機卿すらも知らない事実なのだ。

そういう意味からすると、桐生飛鳥が陣屋《じんや》から姿を消したのも、単なる裏大地人の少女が戦《せん》闘中《とうちゅう》に姿を消したというだけの事で済む筈なのだ。

そして、戦場のどさくさで行方不明《ゆくえふめい》になる人間など幾らでも存在している。

普通に考えて、飛鳥と立花《たちばな》の二人が姿を消したところで、光神教団で問題視される可能性は低いだろう。

（でも、物事に絶対はないっていうし……立花さんと一緒《いっしょ》に姿を消したから、ひょっとして色々と問題になったのかも？）

飛鳥が不安に感じるのは当然と言える。

しかし、そんな飛鳥の問いに、ロドニーは声を上げて笑った。

「違う違う……正式な役職ではないから、大使という言い方が正しくないだけで、やる事はそんなに変わらないさ。というか、どちらかというと単なる駐在大使よりも仕事の範囲《はんい》は広いし、重要な役目だと思うぞ？　何しろ、ローゼリア王国内の教会の管理の他に、今や大陸東部において知らぬ者はいない御子柴大公家との窓口も任されたからな。後は、大陸東部の情報収集が主な仕事ってところか」

「そっか……ならいいけど……本当なら、騎士団長に戻るって話だったんでしょ？」

「まぁな、だが大陸東部は聖都からかなり離れている上に使える人員も限られているからな。そんな訳で、あれもこれもと役目を押《お》し付けられるのは仕方がないさ」

ロドニーの言葉に何処《どこ》となく納得のいかない様な雰囲気《ふんいき》を感じつつ、飛鳥は小さく頷《うなず》いて見せた。

（正直、どうなんだろう？　嘘《うそ》を言っているようにも見えないけれど、何となく本心じゃない気もするんだよね……）

聖堂騎士団の団長と副団長を務めたほどの二人が、御子柴大公家と光神教団との間を取り持つ窓口の役を担うというのは、悪くない話と言える。

少なくとも、御子柴大公家側から見れば、文句を言う話ではないだろう。

聖堂騎士団の中でも、特に正規騎士団と呼ばれる騎士団長を務めたロドニー達を迎《むか》えるというのは、御子柴大公家が光神教団に対して強い関心を抱いているという証明になるのだ。

また、光神教団側も、騎士団長を務める様な人材を駐留させるという事実は、御子柴大公家を注視しているという格好のアピールにもなる。

興味のない相手に対して、優秀《ゆうしゅう》な人材をあてがう事はまずないのだから。

とは言え、そう言った組織の論理が、ロドニー・マッケンナとメネア・ノールバーグの二人に対する評価とイコールとは限らない。

また、前例のない人事である事を考えると、現時点で栄転や昇進《しょうしん》なのかと問われると何とも言えないところでもある。

実際、飛鳥に対しては昇進したようにほのめかしてはいるものの、当人達としても、判断が付きかねるというのが正直な所だろう。

(現代風に言うと、大使館付の武官と大使を併《あわ》せ持った立場に近いのかな？)

外交官としてみれば、どちらも十分に重職ではある。

少なくとも、飛鳥の持っている知識から判断すると、相当高位な役職の筈だ。

まさに出世街道まっしぐらと言えるだろう。

だが、現場の叩《たた》き上げである二人にとっては、未知の職責でもある。

それに、懸念が全くない訳でもないのだ。

(最初に会った時からロドニーさんが微妙な立場なのは知っているけれど、もっと悪くなったなんて事は無いよね？　ただ駐在武官って、確かスパイみたいな事もする仕事だったような気がするけれど……)

勿論、スパイ云々《うんぬん》に関しては飛鳥のにわか知識だし、この大地世界における武官が現代社会と同じ様な物かも分からないが、楽な仕事でない事だけは確かだろう。

そんな飛鳥の反応にロドニーは肩を竦めた。

「まぁ、判断が分かれるところではあるだろうな。とは言え、給金を下げられる訳ではないから俺としても不満は特に無いがね」

そういって笑うロドニーを飛鳥は心配そうに見つめた。

（やっぱり、嘘って訳じゃないみたいだけど……やっぱり騎士団長に戻りたかったのかな？）

別にロドニーの顔には悲愴《ひそうかん》感など浮かんではいない。

空元気で笑っている訳でもないのだろう。

とは言え、飛鳥としてはなんとなく、自分の所為のような気がしてならない。

もっとも、それが単なる感傷でしかない事も分かってはいる。

（まぁ、誰が悪いのか厳密に言うと亮真って事になるのか……な？）

ただ、それはそれで、真実なのかと言えば微妙なところなのだ。

誰もが最善を尽《つ》くしただけであり、その行動と選択には何ら恥《は》じ入るところはない。

亮真はただ、自分の仲間や飛鳥を守る為に最善を尽くしただけなのだから。

しかしその最善が、ロドニー達にとって良い結果を齎《もたら》さなかったというだけの事だ。

（それに、教団の影響を排除《はいじょ》したいという政治的な思惑《おもわく》は理解出来なくもない……よね？）

亮真が、ロドニー達を敵視していた訳でもないだろう。

いや、どちらかと言えば感謝しているというのが本当のところ。

この大地世界という危険に満ちた世界に召喚され、森の中で気を失っていた飛鳥を保護してくれた恩義は、金銭では到底贖《とうていあがな》いきれない程《ほど》の尊さと言えるだろう。

ただ、だからと言って光神教団と本当の意味で友好関係を結べるかというと、それはまた別の話だ。

個人的な恩義は恩義として変わらなくとも、だからと言って政治的な判断を狂《くる》わせるほど御子柴亮真という男は幼くも甘《あま》くもない。

(それに、私自身も教団には思うところがあるし……ね)

そもそもとして、飛鳥も日本で生まれ育っている為か、亮真と同じく基本的に宗教団体に関してはかなり懐疑《かいぎ》的《てき》だ。

勿論、仏教や神道《しんとう》はもとよりキリスト教やイスラム教にもそれなりの理解はある。

信仰《しんこう》の自由は誰もが持っている権利だし、そういう風に教育されてきてもいるのだから。

今更、その教育が間違っていたとは思えないし、思わない。

とは言え、新興宗教と呼ばれるあたりになると、あまり良いイメージを持てないというのも確かだろう。

(信じている人を排除したり貶《けな》したりしたいなんて思わないけれど、率先《そっせん》して関わりあいになりたいとも思わない……かな?)

勿論、神も仏も信じない等とは飛鳥も言わない。

いや、逆に飛鳥は割と神や仏を信じている方だと自分では考えている。

道端《みちばた》にお地蔵さんが立っていればお賽銭《さいせん》を置くし、托鉢《たくはつ》の僧侶《そうりょ》には小銭《こぜに》を渡す程度には信仰心があるのだから。

だが、それは宗教団体に属してまで信仰するべきものなのかと問われると、懐疑的に感じてしまうのだ。

特に、お布施《ふせ》や寄付を求められるという話になると、途端《とたん》に胡散臭《うさんくさ》く感じてしまうのは、飛鳥だけではないだろう。

どの宗教家にも共通して求められるのは、清貧《せいひん》さや高潔。

勿論、教義としてそれを規定しているかどうかはさておき、信者が宗教家に求める要素は大抵《たいてい》がそうだろう。

少なくとも、贅《ぜい》を尽くした屋敷に住み、宝飾《ほうしょく》や貴金属を用いた豪奢《ごうしゃ》な服を身に纏《まと》い、酒と美食を楽しみ女人《にょにん》と交わる様な僧《そう》や神父の説教を聞きたいと思う信者はまずいない。

愛人を囲って享楽《きょうらく》に耽《ふけ》る事は疎《おろ》か、妻帯すらも禁じている宗教も多いのだ。

聖職者の役割とは、神の声に耳を傾《かたむ》け、自らの行いを正し、自らの身を削《けず》って迷える信徒を導く事。

自己の幸せではなく、他者に尽くす事を喜びとする尊さ。

勿論、それは並々ならぬ茨《いばら》の道だろう。

だが、そういった苦難の道を自らの意思と信念で歩むからこそ、彼らは聖職者と呼ばれ尊敬されているのだ。

(少なくとも、私には無理ね)

これは別に飛鳥だけではない。

地球には何十億という人間が暮らしているが、その大半が不可能だろう。

本当の意味で信仰心《しんこうしん》を保つというのはそれほどに難しいのだ。

だが、どれほど立派な聖職者でも、金の話が出た途端に世俗《せぞく》にまみれている様で、嫌悪感《けんおかん》を抱《いだ》いてしまうのは否めない。

神聖さが消えうせ、生々しい生活や現実という名の匂《にお》いを感じてしまうのだ。

それは、歴史上の聖人と言われる仏陀《ぶつだ》やイエス・キリストが言ったと仮定しても同じだろう。

（まぁ、地獄《じごく》の沙汰《さた》も金次第《かねしだい》というし、組織の運営にお金がかかるのも分かるんだけどね）

世俗と全く無縁《むえん》でいられない以上、宗教団体にも金は必要だ。

日々の糧《かて》を得るにしても、風雨をしのぐ為の家も必要だし、信者に説法を行う寺や神殿《しんでん》だってあるに越したことはない。

偶像崇拝《ぐうぞうすうはい》を禁じていない宗派なら、神像や仏像だって必要になるだろう。

そして、それらを賄《まかな》う為に必要なのは金。

仙人《せんにん》の様に霞《かすみ》を食べて生きるというのでもない限り、どうしたって金銭と完全に関わりを断って生きるというのは不可能なのだ。

それは飛鳥にも理解は出来る。

ただ、納得は出来ないと言ったところだろうか。

（それに、付かず離れず……が、一番だよね……）

十二月二十四日と二十五日にクリスマスを祝ったかと思えば、その一週間後には新年の初詣《はつもうで》に神社仏閣へお参りに行くのだ。

結婚式《けっこんしき》は教会で行いながら、葬式《そうしき》を寺で行う。

滅茶苦茶《めちゃくちゃ》だと言われれば、これほど滅茶苦茶な話もない。

少なくとも、それはイスラム教やキリスト教を信じる多くの者にとっては理解しにくい感覚だろう。

原理主義的な考え方を持つ人間が聞けば、侮辱《ぶじょく》されていると怒《いか》りを抱く可能性だって有る。

だが、そんないい加減とも言える宗教観こそが、よくも悪くも大半の日本人が持つ宗教に対しての距離感《きょりかん》。

貶したり、否定したりはしないが、同時に固執《こしつ》もしない。

少なくとも、御子柴家と桐生家に関しては、そういう宗教観を持っているのは否めないだろう。

（でも、この大地世界では、そんな考え方は異端《いたん》でしかないわ……）

光神教団の教えを至高にして絶対的なものと考えている狂信的《きょうしんてき》な人間は、この西方大陸の至る所に潜《ひそ》んでいるのだ。

彼らは、自らの神を絶対視し、その教義に盲目的《もうもくてき》なまでに従う。

そこには、疑問を差し挟《はさ》む余地も、交渉《こうしょう》や譲歩《じょうほ》の余地もない。

そして、その教義から一歩でも外れれば、彼らは暴力に訴《うった》えてでもそれを正そうとするだろう。

それが神の御心《みこころ》にかなう行為《こうい》だと信じるが故に。

（何とか教の原理主義者みたいなものかな？）

勿論、現代日本で生きてきた人間にとって、そういった特定の宗教を妄信《もうしん》する人間に関わる機会は極《きわ》めて限られる。

それは飛鳥も同じだ。

だが、日本で暮らしながらも地球の裏側で起きた事件をリアルタイムで知る事の出来る社会で暮らしてきた飛鳥は、そういった宗教問題から発展した戦争やテロに対しての情報は耳にしているのだ。

勿論それは、あくまでもネットやテレビといった媒体《ばいたい》を介《かい》して見聞きしただけの情報。

実際にそういった人間と会話をした経験は疎か、目にした事もないのだから、にわか知識でしかないのは事実だろう。

しかし、そういった情報から得たイメージが、根の葉もない憶測やイメージとも言い切れない。

だから、宗教というものに対して警戒心《けいかいしん》を抱くのは、決して故無き事でもないと言える。

（それに……実際、聖都メネスティアの様子を見聞きしてきたから……ね）

そういう意味からすれば、御子柴亮真が光神教団に対してローゼリア王国からの撤退《しったい》を求めたのは決して無茶な要求ではないのだろう。

少なくとも、飛鳥にとっては十分に納得がいく判断だ。

でも、その結果、ロドニーとメネアは割を喰《く》う形になったように見えるのも事実。

そして問題は、その結果を飛鳥が納得出来るかどうかという点に尽きるだろう。

「ごめんなさい。何か色々と……迷惑《めいわく》かけて……私を助けてくれた所為《せい》で……本当にごめんなさい」

そんな言葉が飛鳥の口から零《こぼ》れる。

しかし、そんな飛鳥に対して、隣に座ってなりゆきを見守っていたメネアが笑いかけた。

「飛鳥は気にしなくていいのよ。この人が自分で望んだ結果なんだから」

「でも……」

「私達にもメリットのある事だし。本当に気にしないでいいのよ」

その言葉に、飛鳥は首を傾げた。

「メリット？　戻ったら出世出来るとか？」

「ふふふ……ちょっと違うわよ……私は別に今更聖堂騎士団の団長になりたいとは思わないし、ロドニーだって総団長になりたいとは思わないと思うわよ？　正直にいって、私も聖都に戻らなくてすんで喜んでいるのよ。バルガス枢機卿やその取り巻き連中との確執《かくしつ》を考えるとね……まぁ、あまり大っぴらには言えないけれど」

そう言うとメネアは、茶目《ちゃめ》っ気《け》たっぷりに片目を瞑《つぶ》って見せる。

そして、そんなメネアの言葉にロドニーは深く頷いた。

「そうだな……正直、あの糞野郎《くそやろう》とその金魚の糞共《ふんども》の顔を見ないで済むと思えば、いっそ清々するくらいだ」

その飾らない言葉に、飛鳥は思わず苦笑いを浮かべた。

それこそ、ロドニーは物乞《ものご》いに金貨が入った財布《さいふ》を渡してしまうほどお人好し。

また、そうでなければ森の中で意識を失っていた飛鳥を、これほど親身になって保護しようとは思わないだろう。

このお人好《ひとよ》しのロドニーがそこまで他人を拒絶《きょぜつ》するのはかなり珍《めずら》しい事と言える。

勿論、ロドニーとメネアには秘《ひ》められた思惑があり、今の段階では純粋《じゅんすい》な善意とも言い切れないのは確かだ。

だが、飛鳥の身内である御子柴浩一郎の存在や、浩一郎から渡された刀に法術が施《ほどこ》されていた事などから組織との関連を疑ったのは、あくまでも飛鳥を保護した後に判明した話。

つまり、最初は本当に善意からの保護だったという事になる。

だが、これはこの大地世界においてかなり珍しい行為と言えるだろう。

それこそ、桐生飛鳥の様な容姿に優《すぐ》れた女が森の中で気を失っていたら、大抵の人間は考えるのは奴隷《どれい》として売り払《はら》うか、自分で楽しむかのどちらかだ。

少なくとも、衣食住の面倒《めんどう》を見、上司にたてついてまで身柄《みがら》を守ろうなどという人間は、まずいないと言っていい。

この度が過ぎたお人好しとでもいうべきロドニー・マッケンナという男に、ここまで嫌《きら》われるとは相当なものだろう。

だが、それも無理からぬ事だろう。ロドニーはそのお人好しな性格故か、厄介事《やっかいごと》に進んで首を突っ込む傾向《けいこう》が強い。

また、非常に正義感が強く、曲がった事が大嫌《だいきら》いな硬骨漢《こうこつかん》でもある為、たとえ相手が教団の上層部であっても、相手が間違《まちが》っていると思えば、それを指摘《してき》し是正《ぜせい》しようとする。

それは人間的には正しいし、権力に泣かされる事の多い弱者にしてみれば、まさに英雄《えいゆう》か救いの神だろう。

しかしその反面、光神教団の上層部にはロドニーを疎《うと》んじる人間も多いのだ。

そして、そんな上層部に対してロドニーも敵意を隠《かく》そうとはしない。

(成程《なるほど》……あの人の事かな……)

ロドニーの言葉を聞いて、飛鳥の脳裏《のうり》に一人の男の顔が浮《う》かんでいた。

それは、飛鳥が聖都メネスティアで暮らしていた時に、時折彼女をジッと見ていた一人の男。

高価で豪奢な僧服《そうふく》に身を包んだ痩《や》せぎすの老人だったが、思い返してみれば、確かに自分に向けられた視線には、ネットリと絡《から》みつく様な粘着質《ねんちゃくしつ》な何かが含《ふく》まれていた様に思える。

あまりお近づきになりたいようなタイプの人物ではなかった事は確かだろう。

「本当に嫌いなんだね」

「あぁ、正直顔も見たくないね」

呆《あき》れる様な表情を浮かべる飛鳥に対して、ロドニーは深く頷く。

そして、そんなロドニーの言葉にメネアは肩を竦めてため息をつく。

「全く……子供なんだから」

とは言え、本気でロドニーを咎《とが》める気はないのだろう。

確かにロドニーの言動は、大人が言うべき言葉ではないかもしれない。

だが、同時に間違っても居ないのだ。

だからなのだろう。

飛鳥はメネアの言葉に、生意気な弟を窘《たしな》める姉の諦《あきら》めた様でいて、何処《どこ》か誇《ほこ》らしく思っている様にも聞こえる温かみが宿っている様に感じた。

だが、当のロドニーはそんなメネアの気持ちに気が付かないのだろう。

不満そうな表情を浮かべながら言い募《つの》る。

「そう言うが、あの糞野郎は飛鳥を狙《ねら》ってたんだぞ？　それこそ親子どころか、祖父と孫程に年齢《ねんれい》が離れているくせによ！」

「分かってるわよ。それは私も腹立たしいけど、だからって相手は枢機卿よ？　もっと体裁を取り繕《つくろ》うべきじゃないの？　大体、アナタが騎士団長の任を解かれたのだってアイツ等と正面切ってやり合ったからでしょ？」

「なんだ、あの糞野郎の命令に黙《だま》って従えって事か！」

「違うわよ。やり方があるでしょって言ってるの！」

そんな事を言いながら、二人は互《たが》いに舌戦《ぜっせん》を繰《く》り広げる。

だがそれは、別段見る者を不愉快《ふゆかい》にはしない。

(良いなぁ……兄妹《きょうだい》ってこんな感じなんだね……私と亮真も周りから見るとこんな感じなのか

なぁ？）

そんな事を考えながら、飛鳥はロドニー達の言い合いを楽しそうに見つめるのだった。

飛鳥との会談を終えたロドニー達は、馬車に揺《ゆ》られながら、王都にある光神教団の神殿へと向かっていた。

辺りはすっかり夜になってしまっている。

天空には青白い月が鎮座《ちんざ》し、その周囲を満天の星々が彩《いろどり》を添《そ》えていた。

「随分《ずいぶん》と長居をしてしまったな……」

「そうね……まぁ、良いじゃない。あの子も楽しそうだったし、私も久しぶりにゆっくりと話が出来て良かったわ」

「そうだな……俺《おれ》も楽しかった。それに、アイツが俺達に対して色々と気にしているのが分かったのも、会った意味があったな……」

「優《やさ》しくて、義理堅《ぎりがた》い子なのよ……飛鳥は」

「そうだな……だからこそ、守ってやりたくなる」

「ええ……」

それはロドニーとメネアの偽《いつわ》らざる本心。

元聖堂騎士団の団長と副団長だったロドニー達にしてみれば、今更元の役職に戻《もど》りたいとも思わないし、更《さら》に出世をしたいとも思ってはいない。

二人にとって大事なのは、組織に関しての手掛《てが》かりを得る事。

それに比べれば、光神教団内での出世など取るに足りない些事《さじ》でしかない。

しかし、それを飛鳥に伝える事は出来ないのだ。

何故《なぜ》なら、その手掛かりとは御子柴浩一郎と、その孫である御子柴亮真に他ならないのだから。

（それに、あの御子柴浩一郎という男……恐《おそ》らくは……）

それは確証があってのことではない。

しかし、ロドニーは御子柴浩一郎の顔を初めて見た瞬間《しゅんかん》、本能的に自分の腕《うで》を切り落とした
あの夜の襲撃者《しゅうげきしゃ》であると察していた。

（あの襲撃者の剣《けん》の太刀《たち》筋《すじ》は、御子柴亮真の剣とよく似ていた事から見ても恐らく……そういう事なのだろう）

そして、この大地世界における桐生飛鳥の庇護者《ひごしゃ》であったロドニー達を、御子柴浩一郎が襲《しゅう》撃《げき》する理由は限られてくる。

それに加えて銃《じゅう》という、この大地世界には存在しない武器に関しての知識と、その脅威《きょうい》を自らの制御下《せいぎょか》に置こうという意思。

（それは、裏大地世界の人間の思考だ）

勿論、武法術を会得《えとく》したロドニーにとって、銃器《じゅうき》は決して恐ろしい武器ではない。

確かに、引き金を引くだけで弾丸《だんがん》が飛び出す銃という武器は、剣や弓を超える利便性を秘め

ている。

敵に銃口《じゅうこう》を向け、引き金を引く筋力があれば、子供でも大人を殺傷しうるのだ。

弾丸を目標に当てるには、相応の訓練が必要になるとはいえ、武器として十分に優れていると言っていい。

ただ、銃にはいくつか欠点が存在する。

まず発射される弾丸は銃口の前方に限定される。

また、銃弾《じゅうだん》の威力《いりょく》は弾丸の材質と大きさ、そして火薬量に左右され、射手の身体能力に依って威力が上下する事はない。

これは、非力な子供でも、筋骨《きんこつ》隆々《りゅうりゅう》な大人でも同じ銃を撃《う》てば、同じ威力の弾丸を発射するという事になる。

（まぁ、伝え聞く限り、火薬の衝撃《しょうげき》を抑《おさ》えなければ命中率は下がるようだから、正確に言えば筋力はあった方が良いのだろうが……）

勿論、子供の玩具《おもちゃ》とは言わない。

だが、武法術によって身体強化の出来る騎士《きし》や手練《てだ》れの傭兵《ようへい》などからすると、それほど怖《こわ》い武器という訳でもないのだ。

少なくとも、一挺《ちょう》一挺を持っていたところで、大きな意味はないだろう。

（だが、適切な運用形態と、数が増えれば……脅威になり得る……か）

そして、そういった脅威の可能性と、貴族が内密に買い求めた銃器の存在を知り得る情報収集能力を考え合わせれば、答えはおのずと導き出される。

（御子柴浩一郎は組織と繋がりがある。そう考えるのが自然だな）

証拠《しょうこ》はないが、ほぼ確定していると言っていいだろう。

とは言え、ロドニーはそれを浩一郎本人に問い詰《つ》めようとは思わない。

仮に問い詰めたところで白を切られればそれまでの事。

祖父に対して因縁《いんねん》を吹《ふ》っ掛けたと御子柴亮真が判断すれば、最悪国外退去もあり得る。

それでは、せっかくの手掛かりが水の泡《あわ》だ。

「そのくらいならば、このまま向こうの出方を見守った方が良いでしょうね」

「まぁ、そういう事だな」

メネアの言葉に、ロドニーは肩を竦めて見せた。

「どうせ、御子柴亮真は今後、ミスト王国への対応で手いっぱいになる筈《はず》だ」

「西のザルーダ王国への対応もあるしね。どれほど有能な人間でも限度があるでしょうね」

その言葉に、ロドニーは小さく頷く。

「そうなった時、御子柴浩一郎が何らかの動きを見せる可能性は高いだろう……もし、彼が俺たちの予想通り、組織に関係する人間であれば……な」

「えぇ……いよいよ、悲願を達成する日も近づいてきたのかしら？」

そう言うとメネアは苦笑いを浮かべた。

「さてな……だが、たとえか細い糸であっても糸は糸。他に手掛かりがない以上は、慎重《しんちょう》に手《た》繰《ぐ》らないとな」
そう言ってロドニーは窓の外へと視線を向けた。
天から地上へと青白い光を放つ月に向かって、自らの覚悟《かくご》を宣言するかの様に。

あとがき

殆どいないとは思いますが、今回初めてウォルテニア戦記を手に取ってくださった皆様はじめまして。

一巻目からご購入いただいている読者の方々、四ヶ月ぶりです。

作者の保利亮太と申します。

令和五年になってから、早くも二ヶ月以上が経過したでしょうか。

一先ず、四ヶ月ごとの刊行も無事に済ます事が出来てほっとしております。

何しろ、今回は本当にやばかった……。

自分は作家業の他にＩＴ系のエンジニアとしての仕事を持っているのですが、そっちの所為で年明けから散々でした。

休みの日なのに、あっちこっちに連絡やメールをする羽目に。

このご時世、安定した本職があるだけでも御の字だとは思うのですが……ね。

まぁ、そんな作者の愚痴は置いておいて、それでは恒例の見どころに関して。

この巻では、前の巻から諸々策謀を練っていた主人公である亮真の計画が、大きく方向転換を強いられる羽目になります。

如何に主人公とは言え、今まで順調すぎでしたからね。

幾ら主人公補正があるとはいえ、運命の女神は何時までも微笑んではくれないと、いったところでしょうか。

まぁ、予定は未定という事で、今後も主人公には過酷な運命に立ち向かいつつ、頑張っていってほしいところです。

後、その所為でローゼリア王国の貴族達は、その大部分が延命する事になりました。

まぁ、その分だけ割を喰う事になった気の毒な方と、そのご家族もいらっしゃいますけど。

ちなみにそれが、何処のどなたなのかは、賢明な読者の皆様であれば、ご想像に難くないと思います。

私の作品は基本的に、因果応報がコンセプトですので。

そして話の舞台は、今までちょい役だったエクレシア・マリネールとミスト王国へと移っていきます。

今後は、光神教団や組織、そして今まであまり書かれてこなかった南部諸王国などの謎が明らかになっていきますので、是非お楽しみにしていただければと思います。

最後に本作品を出版するに際してご助力いただいた関係各位、そしてこの本を手に取ってくださった読者の皆様へ最大限の感謝を。

引き続き頑張りますので、今後もウォルテニア戦記をよろしくお願いいたします。

著／保利亮太
イラスト／bob
ローゼリア王国を手に入れた御子柴亮真の躍進は続く――。
2023年夏発売予定！

コミック版も好評連載中！
漫画：八木ゆかり
原作：保利亮太
キャラクター原案：bob
コミックス
①～⑨巻発売中!!
ファイアクロス公式サイト
firecross.jp
ウォルテニア戦記XXV

コミカライズも連載中の
スナイパー英雄譚！
著／かたなかじ
イラスト／赤井てら
漫画：瀬菜モナコ
原作：かたなかじ
キャラクター原案：赤井てら
発売予定!!

魔眼と弾丸を使って
異世界をぶち抜く!
第17巻 2023年夏

HJ NOVELS
HJN09-24

ウォルテニア戦記XXIV

2023年3月20日　初版発行

著者――保利亮太

発行者―松下大介
発行所―株式会社ホビージャパン
〒151-0053
東京都渋谷区代々木2-15-8
電話　03(5304)7604（編集）
03(5304)9112（営業）

印刷所――大日本印刷株式会社

装丁――coil／株式会社エストール

Printed in Japan

ISBN978-4-7986-3140-0　C0076

ファンレター、作品のご感想お待ちしております
〒151－0053　東京都渋谷区代々木2－15－8
(株)ホビージャパン HJノベルス編集部 気付
保利亮太 先生／bob 先生

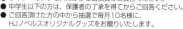